晴明の娘

白狐姫、京の闇を祓う

天野頌子

ポプラ文庫ピュアフル

目次

晴明の娘

白狐姫、京の闇を祓う

Daughter of Seimei
By Syoko Amano

第一話　白狐姫とへなちょこ貴公子道長

一

星ひとつ見えぬ闇夜を、生あたたかい風が吹きぬけていく。

夜ふけの朱雀大路を通るのは、あやしげな連中ばかりだ。

盗賊のような夜の商いをする人間たちと、とうの昔に肉体を失った怨霊たち。

そもそも人の形をせぬ妖怪たちも、暗がりの中でそろそろと動きだす。

だがまれに、立派な牛車が通ることもある。

先ぶれが告げる名は聞き覚えのないものだが、檳榔毛という貴重な素材で牛車の屋形を葺いているから、公卿、あるいはその身内が乗っているのだろう。

どこぞの姫君を訪ねようとしているのか、それとも、夜間の儀式や宴会にでもむかうのか。

牛車の前に、突然、ボトリ、と、音をたてて、大きな塊が落ちた。

蹴鞠（けまり）の鞠より二回りほど大きなその塊は、地面の上でうごめいている。

「何だ？」

徒歩で牛車の伴をしていた男が、松明（たいまつ）の炎を近づけると、それは急にはね上がり、男にむかって大きな赤黒い口をぐわっと開いた。

大きな鞠かと思われたそれは、生首だったのである。

「ギャーッ」

男は驚いて、後ろにとびのいた。

「な、生首が動いているぞ！」

「妖怪だっ！」

十人ほどいた伴の者たちは、我先にと逃げ出してしまう。

往来でいきなり放りだされた牛車は、ガタンと斜めに傾き、今にも倒れそうだ。

「どうした!?　何があったのだ!?　誰か答えよ！」

牛車の中に取り残された若い男の声が、暗闇にむなしくひびく。

しかし戻って来る者はいない。

「だ、誰もおらぬのか……？　たのむ、誰か……」

牛車にかけられた簾ごしでは、夜道で何がおこっているのか、ほとんど見えないのだろう。

心細そうな声が、だんだん小さくなっていく。

若い男は、傾いた牛車の中から、簾を少しだけめくって、おそるおそる外の様子をうかがおうとした。

十三、四歳くらいの、子供っぽさの残る顔だ。

狩衣を身につけてはいるが、元服してからまだ一、二年だろう。

だがこの少年の目の前で、松明の炎が照らしていたのは、逃げ遅れた不運な男が、生首に襲われている姿だったのである。

「わ、若さま、助けてくださ……」

不運な男は、生首に尻をかじられ、だらだらと血を流しながら主人にむかって手をのばした。

「ヒッ」

若君は、とっさに簾をおろした。

牛車の中で真っ青になり、がくがく震えているのだろう。

だが、このまま牛車の中にいても、いずれは自分も生首に襲われるにちがいない。

「な、何か……何かないか……」

若君は震える手でふたたび簾をめくりあげると、自分が身につけていた沓（くつ）やら笏（しゃく）やらを片っ端から生首に投げつけた。

だが生首にかすりもしない。

しまいには烏帽子（えぼし）まで脱いで投げつけたが、まったく生首に届かない。

「だ、だめだあっ。まろはここで死ぬ運命なんだっ」

若君が泣きながら叫んだ時。

暗闇の中からもう一台の牛車があらわれた。

こちらは軽快な網代車（あじろぐるま）である。

「落ち着いて、ただの妖怪よ」

凛とした声とともに、網代車の簾がバサッとはねあげられた。

二

雲間から月明かりがこぼれた。

さえざえとした月光が照らしだしたのは、牛の背にひらりととびのり、すっくと立つ若い姫君だ。

常人離れした身の軽さである。

絹を思わせる白くなめらかな肌。

つややかに輝く長く豊かな黒髪。

朱色の単にうすい蘇芳の袿を何枚も重ねた色あざやかな装束。

なにより金色をおびた切れ長のつり目と朱い唇がうるわしい顔に、思わず若君は見とれてしまう。

「ほうほう、これはまた、とびきり上物の美味そうな姫ではないか」

生首は血まみれの大きな口で、にたりと笑った。

「さてはおまえが妖怪、釣瓶落としね。いきなり道ばたに落ちてきて人の肉を喰らうという」

姫は釣瓶落としに怯えるどころか、興味深そうに見おろしている。

「その通りさ。あんたみたいな若く柔らかな女の肉は大好物だよ、イッヒッヒッ」

釣瓶落としは尖った黄色い歯をカチカチ鳴らして笑った。

「うーん、わからないな。首から下がないのに人の肉を喰らってどうするの？　腹がふくれないんじゃ、無駄喰いじゃない？」

姫は小首をかしげる。

「腹などなくとも、舌があれば存分に味わえるのさ！」

釣瓶落としはクワッと赤黒い口を開き、姫の柔らかな首筋にとびかかろうとした。

バシッ。

姫は手にしていた扇を、容赦なく釣瓶落としにふりおろす。

釣瓶落としはグシャッと地面に打ちつけられるが、すぐに浮かび上がった。

「残念。おれは地面に落っこちるのには慣れて……」

言い終わらぬうちに、ふたたび扇がふりおろされる。

バシッ、バシッ、ビシッ、バシッ。

姫は釣瓶落としを容赦なく扇で連打して、何度も地面にたたきつけた。

「こいつで蹴鞠をするのも一興だな。お兄様たちへの土産にしよう」

「いいかげんにしろ！」

すっかり頭の形がゆがんでしまった釣瓶落としは、姫の美しい顔にむかって、生臭い毒液を吐きかけた。

「危ないっ！」

とっさに若君は叫ぶ。

姫は顔を袖でかばったが、織物がジュッと溶ける音がする。

「あっ！」

姫の表情が一変した。

釣瓶落としの攻撃は歯でかみつくだけだと思い、油断していたのだろう。

「小袿に穴が……！」

姫はさっと青ざめた。

「グフフ、次はおまえのそのきれいな顔を溶かしてやるぞ」

釣瓶落としがふたたび毒液を吐き出そうとした時。

「戯れがすぎたようね……」

姫は低い声でつぶやくと、扇を投げ捨てた。

長い黒髪は白銀に変じ、一層つややかに輝く。

額の両側には大きな三角の耳、袴のすそからはふさふさの尻尾。

らんらんときらめく金色の瞳の目尻が、朱色にそまる。

「お、おまえ……何者だ!?」

姫に気圧され、釣瓶落としは、かすれ声をしぼりだした。

ここにきてようやく自分が襲った相手が、ただの人間ではないことに気づいたのだ。

「わたしは前の天文博士、安倍晴明の娘だ」

三

「ゲエッ」

釣瓶落としは奇声を発した。

「おまえがあの、悪名高き陰陽師、晴明の娘……ッ!」

「悪名高き、と、申したか？」

姫はぞっとするような冷ややかな眼差しを釣瓶落としにむけた。

「お父様の悪口はゆるさぬぞ、卑しき妖怪め」

姫はてのひらの上で蒼くゆらめく炎の玉をつくると、釣瓶落としにむけてはなった。

狐火だ。

釣瓶落としは慌ててよけるが、炎がかすめた耳がジュッと焼ける。

「グアアアアッ」

釣瓶落としは地面を転げまわった。

「次は反対の耳か？　それとも鼻？」

「や、やめてくれっ、おれは晴明の悪口は言っておらぬ！」

「む？」

「悪名高いのはおまえだ、娘！　とんでもない美貌（びぼう）と暴虐（ぼうぎゃく）の白狐姫（しろぎつねひめ）よ！」

「そのようにほめられると照れるぞ」

姫は口もとを袖でかくして、ころころと笑う。

「ほめておらぬわ！」

「謙遜することはない。おまえがわたしの小袿に穴をあけたことは万死に値するが、今後は二度と人を襲わぬと誓うなら、特別にわが式神に取り立ててやってもよいぞ？」

「誰がおまえのような乱暴者の式神になどなるものか！」

「おや」

姫はてのひらの上に、さきほどの倍以上の大きさのある蒼い狐火をつくった。

釣瓶落としとほぼ同じ大きさである。

「ヒッ」

釣瓶落としは地面をズズ、と、這いずりながら逃げていく。

しかし手足がないので、かなりのろい。

「もういいだろう、あんな小物。さっさと消してしまえ」

暗闇からするりとあらわれたのは、漆黒の髪と翼をもつ長身の青年だった。

彫りの深い顔立ちで、渡来人のように鼻が高い。

大天狗である。

「常闇は短気だな」

姫が胸もとにさした竹筒から、小さな白い頭をひょっこりとのぞかせて、菅公が言った。

仔イタチのようなかわいらしい姿をしているが、れっきとした妖怪である。

「では、それがしが」

牛車の側に付き従っていた武者が、すらりと刀をぬいた。

陽焼けした顔に、涼やかな目元をしている。

三十歳前後だろう。

「待て、綱。斬るのはいつでもできる」

姫は武者の刀を借りると、両手で握り、頭上にふりかぶった。

月の光をあびて、刃がひんやりと輝く。

「はっ！」

姫は身体を沈めながら、釣瓶落としにむかって刀を斜めにふりおろした。

生首だけの妖怪はごろりところがってよけるが、頬の傷から血がふきだしている。

「とう！」

姫はふたたび刀をふりおろして、釣瓶落としの口をとらえた。

刀の切っ先をぴたりと舌におしあてる。

「もう一度だけきく。釣瓶落としよ、わたしの式神にならぬか？」

「カッ」

釣瓶落としは喉の奥から刃先にむかって毒液を吐きかけた。

おそろしく強い毒なのだろう。

ジュワッと音を立てて刃先は溶けだした。

ボトリ、ボトリと、溶けた鋼が、生首の喉にむかって落ちていく。

釣瓶落としは黄色い歯をカチカチ鳴らして笑う。

「ふうむ、見かけによらず肝のすわった妖怪だな。いや、生首に肝などあるはずないか」

姫は感心したように言う。

「つまらないことを言ってないで、さっさと始末しないと、こいつはまた人を襲うぞ」

常闇はあきれ顔である。

「それもそうだな」

姫は刃先を釣瓶落としの口からひきぬくと、右手で懐から羽団扇（はうちわ）をとりだした。

「風よ、疾（と）く駆けよ」

よく通る声で唱えると、羽団扇をブンとふりまわす。

四

ザアアアアッ。

嵐のような暴風が都をかけぬけ、藤の花を散らし、土煙をまいあげる。

一瞬にして、釣瓶落としの姿は見えなくなった。

牛の背の上で、白狐姫は満足げにうなずく。

「遠くはなれた山の中に吹き飛ばしておいた。二度と都へは戻って来られぬようにな。これからは猪でも蛇でも好きなものを喰らうといい。もっとも喰らわれるのは奴の方かもしれぬがな」

姫は左手の刀を綱にさしだした。

「すまぬ、少々汚した」

綱は刃先が溶けた刀を無言で受け取り、鞘にしまう。

「おれの羽団扇もいいかげん返せよ。いつも気安く使いやがって」

「断る」

姫は常闇にむかって、にこりとほほえんだ。

「そろそろ邸（やしき）へ帰らないと、抜け出したのがばれてしまいますよ」

菅公の指摘に、姫ははっとした。

雲間から見える月が、だいぶ西へ傾いている。

サーッと姫の顔から血の気がひき、一瞬にして、白銀の髪は真っ黒に、金色に輝いていた瞳は鳶色（とびいろ）に変化した。

「そうだったわ、お父様に叱られちゃう！　ただでさえ今夜は袖に穴をあけて、お母様の大目玉間違いなしなのに」

いきがっている場合ではない。

傲然（ごうぜん）たる白狐姫からかわいらしい小娘に戻って、両手で自分の頬をはさみ、おろおろしはじめる。

「この小袿……。お父様がこの色はわたしにとてもよく似合うってほめてくださったお気に入りの小袿だったのに、すっかり台無しだわ……。大天狗の力で何とかならない？」

ない。

「なるわけない」

「そうよね……。ああ、大失態だわ」

しょんぼりと肩をおとす若い姫君に、さきほどまでの最強の妖狐の面影はみじんもない。

しおらしい様子で牛の背からおり、網代車に乗り込もうとした。

「お待ちを！」

倒れかかった牛車から、若君がころがりでてきた。

「あら、若君、まだいたの」

若君はさっと立ち上がると、狩衣をととのえるが、沓も烏帽子もないという、かなりみっともない姿である。

投げつけたものは、釣瓶落としとともに吹き飛ばされてしまったのだ。

「危ないところを助けていただき、姫には何と礼を申せばよいやら」

「ご無事で何よりです。お伴の方は残念でしたが……」

釣瓶落としに襲われた男は、路上の血だまりに倒れ伏していた。

「気絶しているだけのようです」

綱が男の呼吸を確認して言う。

「あら、よかったですね。それでは若君、どちらへむかわれていたのか存じませんが、今夜はその者を連れてお帰りになられませ」

「たしかに、このような情けないいでたちでは、邸へ帰るしかありませぬ。とんだ穢れにもあってしまいましたし、陰陽師をよんで祓ってもらうことにします。おお、そういえば、姫の父君は、かの名高き陰陽師の安倍晴明だと言っておられましたね。うちへ来るようお伝えいただけませぬか？　まろの父は……」

「それはできません」

姫はきっぱりと断った。

「ようやく雲の切れ間から月が顔をだしたのです。父は今頃、天文観測で大忙しですから、禊祓いになど出向いている時間はありません」

「こんなにひどい穢れにあったまろを見捨てるのか!?」

若君は今にも泣きだしそうである。

「わかりました。かわりにわたしが穢れを祓います」

「姫が？」

若君は驚いて目をしばたたいた。

「わたしの瞳を見てください」

「こ、こうか？」

「はい。それではまいります」

姫はやつでの羽団扇で、若君の肩や胸をスッスッと掃くと、口の中で何やら唱えた。最後に、若君の額にむかって、フウッ、と、息を吹きかける。

「お、おう、これは何やら甘くかぐわしい香りが……」

若君は頬をポッと染めた。

「もう大丈夫です。呪いを唱えておきましたから」

「なんと！　さすがは晴明の娘御。かさねがさねありがとう存じます。この奇跡のような出会いも、御仏のお導き……」

「お父様の邪魔をさせないためにやっただけなので、お気になさらず」

姫の答えはそっけない。早く邸に帰りたいのだ。

しかし若君は興奮さめやらぬ様子で話し続ける。

「これはぜひ、何かお礼をさせてくだされ。そういえば、姫におかれては、小袿の袖に穴があいたのを大層嘆かれているご様子でしたね。早速、最高級の綾織物を届けさせましょう」

「本当ですか⁉　助かります！　きっとお母様のご機嫌も直るわ」

姫がぱっと顔を輝かせると、若君はまぶしそうに目を細めた。

「そのくらい、造作もないことです。それから、姫、もうひとつお願いが」

「なんでしょう？」

「まろと結婚してくだされ！」

「……は？」

突然の求婚に、さすがの姫もあっけにとられた。

五

予期せぬ求婚に立ちつくす姫の背後で、常闇はプッとふきだした。

「この傍若無人な乱暴狐と結婚したいって言ったか？」

「気の毒に、恐ろしい妖怪に襲われて、正気を失ったのであろう」

常闇と綱がうなずきあう。

「まろは正気です。姫のように美しく強い女君は見たことがありませぬ。輝く白銀の髪に、黄金の瞳。姫こそ、わが理想の天女です」

「ええと、それはどうも。でも急に道ばたでそんなことを言われても……」

「たしかに、いきなりの求婚はぶしつけでした。すみませぬ。まろは右大臣藤原兼家の子で、道長と申す。正式な作法にのっとって、明日、いや、今日にでも歌をおくりますので、ぜひ返歌をくだされ」

「返歌……」

歌ときいて、姫の顔がくもる。

「そうだ、まずはここで一首。ええと、そう、望月の……」

「若君、早くお帰りになられた方がよろしいのでは？　急がないと、そちらの方が手遅れになってしまいます」

姫は強引に道長をさえぎった。

「むむ。たしかに。なれど……」

道長は困り顔で、倒れかかった自分の牛車を見る。

逃げ出した牛飼童たちは誰ひとり戻ってこない。

残っているのは牛だけだ。

「まろひとりでは、牛車を動かせませぬ……」

「綱、うちの牛車で、若君と怪我人を右大臣のお邸までおくってあげて」

「かまいませぬが、姫はどうするのだ？」

「常闇と先に帰っているわ」

「やれやれ、また牛車がわりか」

指名され、常闇は姫のほっそりした身体をかるがると抱え上げた。

「しっかりつかまっていろよ」

常闇は背中の大きな漆黒の翼を、バサリ、と、広げる。

「この者も妖怪であったのか！」

道長は腰をぬかしそうになった。

「若君、今宵のことは他言無用に願います」

姫が唇に人差し指をあてて言うと、道長は大きくうなずく。

「姫とまろの二人だけの秘密ですね！　心得ました！」

道長は目をキラキラさせている。

常に前向きな性格のようだ。

「それでは」

常闇はあっという間に、天高く舞いあがる。

「ありがとう、姫！　のちほど夢で会いましょう！」

道長は夜空にむかって、大きく手をふり続けた。

道長をのせて遠ざかって行く牛車を、松の枝から眺めながら、黒佑（くろすけ）は、カア、と、小さく鳴いた。

「あれが安倍晴明の娘の白狐姫か。聞きしに勝るすさまじい妖気だな。従えていたのは天狗か？」

「ああ。それもただの天狗ではない。天狗たちの首領、鞍馬（くらま）の大天狗だ」

黒佑の問いに答えたのは、同じ枝にとまる黒平（くろひら）だ。

「ゲッ、鞍馬の大天狗!?」

「見ろ、牛車を動かしている者たちも、渡辺綱（わたなべのつな）以外はみな姫に使役されている式神どもだ」

黒平に言われて黒佑が小さな目をこらすと、たしかに牛飼童も、牛車の両側について歩く車副(くるまぞい)たちも、姿形は人間だが、影がゆらゆらしている。

「おそるべき力だな」

黒佑はブルッと身体をふるわせた。

「子供の頃はかわいらしい娘だったのだが」

「おまえはそんな昔からあの姫を見て来たのか？」

「まあな」

黒平は嘴(くちばし)で自分の黒い羽毛をととのえながらうなずく。

「それで、どんな子供だったのだ？」

「聞きたいか？」

「ぜひ」

「ふむ、よかろう。あれは……」

黒平は語りはじめた。

第二話 信太森の白狐と先祖返りの娘

一

白い満月がこうこうと輝き、菊の花が清々しく香る夜のこと。

左京の北辺三坊二町にある安倍晴明の邸には、活気ある緊張感がみなぎっていた。

「もう少しですよ、頑張ってください」「湯の用意はできていますか?」などの声が産屋からもれ聞こえてくる。

晴明の妻の宣子が、三度目の出産をむかえていたのだ。

産屋は、邸内の吉方位を選び、几帳やついたてで仕切ってしつらえていた。

男性は産屋に立ち入ることができないため、晴明はひたすら安産の呪文を唱えるくらいしかやることがない。

のちに稀代の天才陰陽師として広く知られることになる安倍晴明だが、この時はまだ陰陽寮でも天文得業生という低い官職についていた。

天文の観測をおこない、異変があればその意味するところを占うのが、主な職務である。

年齢はまもなく四十に手が届こうというところ。

幼い二人の息子たちも、ずっと新しい弟か妹の誕生を待ち構えていたのだが、さすがにうとうとしはじめている。

長男の吉平と、次男の吉昌だ。

月が中天にさしかかった時、ついに元気な産声がひびきわたった。

「生まれたか！」

晴明の声に、息子たちも目をさます。

「生まれたの？　男の子？　女の子？」

「妹がいいな」

産屋にとんでいきたい気持ちをおさえ、父と息子たちはそわそわしながら知らせを待った。

しかし、誰も知らせにこないどころか、産屋からは「これは一体!?」「耳が、耳が！」という悲鳴のような声がする。

何かを察した晴明は、さっと立ち上がった。

「おまえたちはここにいなさい」

息子たちに言うと、産屋にむかう。

ついたての前で一瞬ためらうが、女たちの悲鳴に意を決して、産屋に足を踏みいれた。

「何があった!?」

「入ってはなりませぬ！」

白装束の宣子は、晴明を止めようとする。

宣子の肩ごしに晴明が見たのは、玉のように美しい白い肌に、見事なつり目の、かわいらしい赤ん坊であった。

女の子だ。

ただ、その耳は三角で、腰には白いふさふさの尻尾がついていたのである。

その子を産んだばかりの宣子も、手伝いでよばれた三人の女たちも、みな驚き、腰をぬかしている。

むろん晴明も驚き、目を見張った。

「これは……」

晴明はかすれ声でつぶやく。

「なぜ獣のような耳と尻尾をもって生まれたのか、わたくしにはとんと心あたりがございませせぬ。何者かによる呪詛でしょうか？」

宣子は唇をふるわせた。

都に住む人間たち、特に貴族の間ではさかんに呪詛がおこなわれており、不可思議なできごとから病気、はては悪夢にいたるまで、広く呪詛が疑われるのが常なのだ。

「安心せよ。呪詛などではない」

晴明はきっぱりと言うと、遠巻きにして震えている女たちに、産屋の外へでるように言った。

「この子の姿はただの先祖返りだ」

二

晴明の言葉に、宣子はいぶかしげな表情をうかべる。

「先祖返り？　この子がですか？」

「結婚する時に言っただろう？　私の母は信太森の白狐だと。それでも良いかと尋ねたではないか」

「……え？　白狐……？」

「うむ」

「……そういえば、そのような話を聞いたような気もいたしますが……」

宣子は晴明の告白をすっかり忘れていたらしい。

「あれは真剣に話しておられたのですか？　ずいぶん面白い冗談を言う方だとばかり……」

そもそも本気でとりあっていなかったようだ。

「冗談などではない。その証拠に、この子の白い耳と白い尻尾は私の母そっくりだ。私にも息子たちにも妖狐の兆候はあらわれなかったが、この子にだけ出現したのだな。とにかく呪詛ではないので安心してくれ」

晴明は頭をさげる。

「安心しろと言われましても……」

宣子は晴明の涼やかなつり目と、赤ん坊のかわいらしい三角の耳へ交互に視線をやった。

何の心の準備もなく、狐の孫を産んでしまったのだ。

しかも夫は狐の子だという。

宣子には何がなんだかわからなかったことだろう。

一方、晴明の方は、少しは予想していたのか、だいぶ落ち着きを取り戻していた。

「しかし実にかわいらしい赤子だな。宣子にそっくりだ。それに母が人間に化けている時は大変な美人だったから、この子はきっと母の美貌も受け継いでいるにちがいない。将来は大変な美女になるぞ」

晴明は赤ん坊を抱き上げようとして、臍の緒がつながったままであることに気づいた。

「まだ臍の緒を切っておらぬのか」

「みな、この子を気味悪がって、ふれようとしないのです……」

宣子が目を伏せると、晴明はにこりとほほえんだ。

「ならば私がやろう」

晴明は細い紐で臍の近くを縛ると、小刀で臍の緒を切った。

すっかりぬるくなった湯で小さな身体をすすぎ、柔らかな布で丁寧にふいてやると、気持ちよさそうな顔をする。

晴明がいそいそと赤ん坊に産着をきせるかたわらで、宣子は途方に暮れていた。

「いっそ呪詛によるものであれば、お祓いでもとの姿に戻せたかもしれませぬのに、呪詛ではないと言われると……」

宣子は疲れ切った顔で、深々とため息をつく。

泣いたりわめいたり取り乱したりする元気も残っていないのだろう。

その時、突然、一陣の強風が庭から吹きこみ、ついたてを倒した。

「その赤子は、わらわが信太森で育てよう」

つややかな白銀の髪が風にうねり、金の瞳がらんらんと輝く。

白い大きな三角の耳に、ふさふさの立派な尻尾。

「母上……!?」

晴明は声をあげた。

そこに立っていたのは、晴明が五歳の時に家を去った、葛の葉だったのである。

「晴明、すっかり立派になって」

葛の葉は金の瞳になつかしそうな光をたたえた。

「母上は三十四年前とほとんどかわっておられませぬな……」

晴明の驚きに、ふふ、と、葛の葉はほほえむ。

「三十四年の間、わらわは陰ながらそなたを見守ってきた。このままそなたが人としての生をまっとうするのなら、姿をあらわすこともなかろうと思っていたのだが、そうもいかぬようじゃ。その赤子はそなたらの手にはあまろう。さ、こちらへ」

葛の葉はしなやかな白い両手を晴明にさしのべた。

三

葛の葉の言葉に、晴明はとまどいを隠せない。

「まだ生まれたばかりの乳飲み子(ちのみご)を、信太森へ連れて行かれると……？」

晴明は腕の中の赤ん坊をぎゅっと抱きしめる。

その時、パタパタとかろやかな足音をひびかせ、かけこんできた者たちがいた。

「うわぁ、尻尾がある！　かっわいいなぁ。犬みたいだけど、犬よりふさふさだ！」

「吉平!?」

「耳もふさふさですよ、兄さん！」

「吉昌まで！　おまえたち、待っていなさいと言っただろう」

幼い息子たちは晴明が抱える赤ん坊をのぞきこんだ。

「つむじ風のせいでついたてが倒れて、見えてしまったんだもの。仕方ないでしょう？」

吉平は悪びれずに言う。

「僕は止めようとしたんですけど、兄さんがかけだしてしまって……」

こちらは吉昌だ。

「まったく、おまえたちときたら」

「ところで父上、こちらのきれいな方は？」

晴明が息子たちにお小言を言う間もなく、吉平がさえぎった。

「おまえたちのお祖母様だ」

「こんなにきれいなお祖母様がいたなんて！」

「はじめまして、お祖母様。吉昌です」

息子たちは興味しんしんで葛の葉を見上げた。

「おやおや、男の子が二人いるとにぎやかだね」

晴明は苦笑いでうなずく。

「ええ、ですから次は女の子がいいとずっと願っていたのです。男の子が三人だと、とんでもないことになりそうですから。しかしまさか母上ゆずりの耳と尻尾とは……」

「僕も妹がいいってずっと思ってたけど、こんなにかわいい赤ちゃんだなんて」

吉平は妹のふっくらした頰を、人差し指でそっとつついた。

「白い尻尾もかわいいです」

吉昌もうっとりと妹を見ている。

「そなたらの妹は、わらわが信太森で育ててやるから、安心をし」

葛の葉の言葉に、吉平は不思議そうな顔をした。

「信太森？　なぜ？」

「この子はおまえたちと違う姿をしておるゆえ、人前にはだせぬ。人に見られたら、化け物として狩られるであろう。家族のおまえたちも同様だ」

葛の葉は凄(すご)みをきかせた声で、子供たちを見おろした。

「都を追われ、逃げまどうことになるぞ」

宣子の顔がさっと青ざめる。

しかし吉平は違った。

「そんなの、人前にださなきゃいいんだよ」

「女の子なんて、家の中で育つものですから」

幼児なので、葛の葉の脅しがいまひとつ理解できないということもあるが、とにかくこの二人は口が達者なのだ。

「吉平、吉昌、おまえたちは、この子の姿が恐ろしくないのですか？」

宣子の問いかけに、息子たちはきょとんとして首をかしげた。

「恐ろしい？　なぜ？」

四

「なぜって……」

言いよどんだ宣子の言葉を、晴明がひきとる。

「この子は耳と尻尾が私たちと違うだろう？　お母様もお祖母様もそこを心配しておられるのだ」

「そこが良いのではありませんか。人並みはずれたかわいらしさです」

「僕、ずっと犬を飼いたいって言ってましたよね？　きっと、仏様が僕の願いを聞き届けてくれたんですよ」

「妹と犬は違います」

宣子は語気を強める。

「わかってますよ。犬よりはるかに愛らしいもの。僕は美しいものや愛らしいものが大好きです」

「吉平……」

にこにこする吉平に、宣子はため息をついた。

「父上はいつも、天文を観測する者には平静な心持ちが大事だって言っておられますよね？　日蝕(にっしょく)や月蝕(げっしょく)、あるいは彗星(すいせい)の出現などにいちいち凶兆(きょうちょう)だ、凶事(きょうじ)だとうろたえ騒ぐものではないと」

「吉昌……」

今度は晴明が苦笑する番だった。

吉昌はまだ幼児でありながら、父が陰陽寮で天文の職務についているのに憧れ、ふだんからあれこれ聞いていたのである。

「まったく、幼子たちは無邪気なものよの。人間の恐ろしさをわかっておらぬ。だが晴明、そなたと妻はわかっているはず。この赤子を信太森へ連れて行くのは、この子自身のためであり、そなたら一家のためでもあるぞ」

葛の葉は語気を強めた。

「もちろんわかっております、母上」

晴明は表情をあらためる。

まったく奇妙なことだが、この夜、感情に流されることなく正論を説いていたのは、妖狐の葛の葉だったのだ。

「この子は、父上にも母上にも会えなくなるの？」

吉平が悲しそうに尋ねる。

「わらわがおるゆえ何も困ることはない」

「お乳はどうするの？　乳母がいるの？」

「まさか狐の乳を飲ませるの!?」

「牛の乳じゃ」

「牛かぁ」

　幼児たちは顔をしかめた。

「なんじゃ、そなたらも牛の乳をかためた蘇を食すであろう」

「そうだけど、なんだかかわいそう。生まれたばかりなのに、母上のお乳も飲ませてもらえず、ひとりで狐の森に連れて行かれるなんて、きっと寂しくて泣いちゃうよ」

「なんじゃその言いようは。妹が寂しくならぬよう、そなたら二人も信太森へ連れて行ってもよいのじゃぞ」

「父上母上とはなれるなんて嫌だ！」

　吉平は母の袖をぎゅっと握り、吉昌は母の背中に隠れる。

「これ、二人とも、お祖母様に失礼ですよ」

「だって、母上とはなれるの嫌だもん」

　吉昌は母の背中に顔をうずめて言う。

「そうか、そうだな……」

晴明は深々とため息をついた。

「母上、私も五歳の時、母上と別れるのがつらかったのをよく覚えております」

晴明の言葉に、葛の葉も表情を曇らせる。

「わらわもそなたを置いて去るのは身を切られるよりつらかった。だが、そなたの父、保名(やすな)殿に正体を知られてしまった以上、仕方がなかったのじゃ」

好きこのんで幼子を残し、家をでていく母親はいない。

それは妖狐も同じである。

「父上も悲しかったの？」

あどけない吉昌の言葉に、晴明は小さくほほえむ。

五

「母とひきはなされて悲しくない子はおらぬ……」

「晴明」

「わかっております、母上が私の将来を考えて、父上のもとに残していかれたのだということは。そして父上が、自分の生命が長くないと悟った時、母上ではなく、親戚の益材殿に私を託したのも、すべて私のためなのだと。決して恨んではおりませぬ」

晴明は目を伏せ、静かに言った。

「義母上様、わたくしは娘にそのような思いをさせとうございませぬ。いえ、わたくしが娘とはなれがたいのです」

ついに宣子が、意を決したように顔をあげ、葛の葉の金の目をひたと見つめた。

右手で吉昌の手を、左手で吉平の手を握っている。

「三十四年前、義母上様がわが子の将来を思って身をひかれたことは賢明であられました。おかげで夫は今や立派な官職についております。でも、わたくしにはそのような立派なふるまいはできませぬ。愚かな母をお赦しくださいませ」

「なんじゃと？」

「娘の姿が決して人目につかぬよう、この邸の奥に隠して大切に育てますゆえ、義母上様におかれましては、どうぞこのままおひきとりくださいませ」

「お産の手伝いによんだ女たちには、すでに見られてしまったではないか」

「謝礼の品をわたして、決して他言せぬよう頼みます。もしも他言したら、稲荷（いなり）様の祟（たた）りがあるとも申しそえておきましょう」

「使用人はどうする？」

「すべて暇（いとま）をとらせます」

「煮炊きをしたことはあるのか？」

「ありませんが、やってみます」

葛の葉は宣子の顔をひたと見すえる。

「そなたはこの一家の中で、ただひとりのまともな人間。天文のこと以外はなにひとつわからぬ夫や、分別をわきまえぬあどけない童（わらわ）たちとは違う。人間の恐ろしさも、残酷さもよく心得ているはず。それでも娘をその手で育てると申すのか？」

「覚悟はいたしております」

宣子は青ざめた顔でうなずいた。

「そこまで言うのなら、わらわはもう知らぬ。好きにするがいい」

「わざわざ信太森より訪ねてくださったご厚意を無駄にしてしまい、申し訳ございませぬ」

宣子と晴明が両手をついてひれふすと、息子たちもまねをする。

「まったくじゃ！」

葛の葉は腹立たしげに言うと、両手を腰にあて、頭をひとふりした。

長い白銀の髪がゆれて輝く滝をつくり、邸の周囲を目に見えぬ薄幕でとりかこむ。

「母上、お目にかかれて幸いでした。ぜひまた近いうちに……」

「二度と来ぬ」

葛の葉はきっぱりと言い捨てると、小袿の裾をひるがえし、来た時と同じように、突風をまきおこして消えていった。

「いない！　お祖母様、消えちゃったの!?」

「すごいねぇ」

息子たちは葛の葉が消えていった方を見上げながら、しきりに感心している。

「ところでこの子の名前だが」

晴明は腕の中ですやすや眠る娘に、いつくしむような眼差しをむけた。

「もう呼び名を考えたのですか？」

「父上のことだから、どうせ星姫(ほしひめ)かかぐや姫(ひめ)でしょう？」

息子たちに言われて、晴明は鼻白む。

「うむ、今夜は満月だから、呼び名はかぐや姫にしようと思っていた」

「やっぱり」

「それで正式な名前だが」

「名前ももう決めたのですか？　ずいぶん気の早いこと」

宣子はあきれ顔である。

「ことのほか夜空が澄んで、月も星も美しく輝いているから、煌めく子、と書いて、煌子にしようと思う」

宣子と息子たちは顔を見合わせた。

「父上にしてはずいぶんまっとうな名前ですね」

吉昌が目をしばたたく。

「その上、とても美しい名です。美しい姫にふさわしい」

美しいものに目がない吉平はうっとりと言う。

「良い名をもらいましたね。煌子」

宣子は娘に優しくほほえんだのであった。

第三話　白狐姫と陰陽師見習いの兄たち

一

それから十年。

先祖返りの耳と尻尾をもつ晴明の娘、煌子（あきこ）は、家族の愛を一身にうけ、邸の中ですくすくと育っていった。

まだ十歳とはいえ、祖母の葛の葉ゆずりの美貌は、かぐや姫という呼び名に恥じぬものだ。

ただし黙って座っていればの話だが。

なにせ遊び相手が二人の兄たちだけだったので、貝合せ（かいあわせ）よりも蹴鞠（けまり）が好きなおてんば娘なのである。

しかしその兄たちも、今では元服して、父の晴明とともに陰陽寮に出仕する若き官人（かんにん）だ。

吉昌はかつて晴明も経験した天文得業生として天文を学んでいる。

一方、吉平は、その頃、晴明の職務が陰陽師であった影響で、陰陽得業生となり、卜占、つまり占いを学んでいる。

どちらも勉学におわれ、あまり妹の相手はしてくれない。

「いいなぁ、お兄様たちはお父様といっしょにお仕事ができて。わたしも陰陽寮でおつとめをしたい」

煌子はふくれっ面である。

「なかなか殊勝な心がけだけど、まずは漢文の読み書きがちゃんとできるようにならないとね」

「ふにゅ……。漢文……」

真面目な吉昌が、優しい笑顔で煌子の頭をなでる。

「おつとめねぇ。本当はただ大好きなお父様のそばにいたいだけなんだろう？」

妹の心の内を見透かしてニヤリとするのは吉平だ。

吉平もまた葛の葉ゆずりのつややかな美貌を受け継いでおり、都でも一、二を争う美少年として評判である。

「そ、そんなことはありません！　でも、いつもわたしだけ邸にいて、手習いと和歌とお琴の練習ばかりさせられているの、つまらないわ。ひとりじゃ蹴鞠も双六もできないし」

煌子は膝を抱えて、かわいらしくすねてみせた。

「お母様が特別厳しいわけじゃない。どこの家でも、女の子は、みんな同じようなものだよ」

吉昌は煌子をなだめようとする。

だが、煌子は頭を激しく左右にふった。

「わかってるわ。わたしの耳が狐だから、邸からだせないのよ。どうしてわたしだけ、お祖母様に似ちゃったのかしら。せめて男の子だったら、冠や烏帽子で耳を隠せたのに」

煌子は自分の耳をぎゅっとつかんで、唇をとがらせた。

「……問題は耳だけなのよね。尻尾は袴の中にしまっちゃえばいいんだから」

「それはそうだが」

「あ」

煌子のつり目が、キラリと光る。

「お兄様、わたし、いいことを思いついたかも」

「……なんだか嫌な予感しかしないな」

吉昌と吉平は思わず同時にため息をついたのだった。

二

それから二日ほどがたった昼下がり。

いつものように煌子が手習いに飽きて、ひとりでごろごろしていると、簾をあげて、するりと吉平が入ってきた。

束帯（そくたい）という仕事着姿である。

「お兄様？　今日は三人とも宿直（とのい）じゃなかったの？」

「用事ができたと言ってぬけてきた」

宣子に気づかれぬよう、吉平は声をひそめている。

「それよりおまえが言っていた例のものを借りてきたぞ。これでどうだ？」

　吉平が煌子に見せたのは、烏帽子、狩衣、狩袴などの男性用の外出着一式である。

「大学寮の学生から借りたんだ。かなり小柄な男だから、煌子が着ても大丈夫だと思う。狩袴なら裾を紐で縛るから尻尾が完全に隠れるし。着方はわかるか？」

「たぶん」

　煌子は袿と袴を脱ぎ捨て、吉平に手伝ってもらいながら狩衣姿になった。

「さすがに少々大きいか。まあゆるく着付けたように見せかければいけるな」

　白い両耳も烏帽子の中にしまいこめば、元服したての若い官人のできあがりだ。

「どう？　男の子に見える⁉」

　煌子はくるりとまわってみせた。

「うーん、声がなぁ……。声変わり前にしても高すぎるから、なるべく黙っているんだぞ」

「ん」

　煌子は神妙な顔をして、うなずく。

　二人はこっそりと邸の外にでた。

　あえて少しはなれた場所にとめた牛車にむかう。

「これが外なのね！」

煌子はすっかり興奮している。

なにせ生まれて初めての外出なのである。

牛車に乗るのも初めてだ。

「どこか行きたいところはあるか？」

「陰陽寮よ、もちろん！」

「そう言うと思ったよ。父上に見つかったら大騒ぎだから、遠くから見るだけだぞ」

「お兄様、大好き」

「はいはい」

吉平は牛飼童に大内裏へむかうよう告げた。

「いろんな人がいるのね」

煌子は土御門大路にならぶ大小さまざまの建物や人間に興味しんしんだ。

高い塀をめぐらせた檜皮葺の屋根をもつ大邸宅と、板張り屋根の小さな家。馬に乗る人に、徒歩の人。衣服もみなそれぞれ違う。

もちろん晴明の邸にも、まれにだが、来客がある。

　だが、煌子は母屋（もや）の奥にある壁で囲まれた塗籠（ぬりごめ）から決して出ないよう厳しく言われているので、来客の顔を見ることもできない。

「年老いた人、若い人、髪が真っ白な人もいるわ。皺（しわ）がいっぱいある人に、カラスみたいな大きな嘴（くちばし）をつけた人もいる」

「嘴？　お面でもつけているのか？」

　吉平は首をかしげた。

「ほら、あの人。あっちの人も」

　煌子が指さす方を吉平も見た。

　一応、着物を身につけてはいるが、頭も、手も、黒い羽毛におおわれている。

　なにより奇妙なのは、大きな嘴と黒い翼だ。

「……む」

　吉平は眉をひそめる。

　気づくのが少々遅かった。

　牛車のまわりは、十名ほどの天狗にかこまれていたのだ。

「人間じゃない。天狗だ」

三

「天狗？」

「カラスのような姿をした凶暴な妖怪だよ。山の中にいて人をさらうと聞いているが、いったいなぜ、こんなに多くの天狗が都に集まってるんだろう」

吉平はいぶかしげな顔をする。

「牛車からおりてもらおうか」

ひときわ大柄な天狗が腕組みし、牛車の正面に立ちはだかった。

これでは前へすすめない。

「ど、どうしましょう!?」

牛飼童がうわずった声で吉平に尋ねる。

「おりてこないのなら、牛車に火をつけるぞ」

「わかった」

ふたたび天狗に脅され、吉平は大声でこたえる。

「おまえはここに隠れておいで」

吉平は煌子にささやくと、牛をはずさせ、牛車からおりた。

天狗に気づいた通行人たちは、悲鳴をあげながら逃げていく。

「私に何か用か？」

吉平は悠然として、天狗に尋ねる。

「おまえじゃない。もう一人、牛車の中にいるだろう」

「そんなことはない」

「隠そうとしても無駄だ。強力な妖気が牛車の中からだだ漏れだぞ」

「気のせいだ」

吉平は牛車の屋形を背にして、さりげなくかばおうとした。

「どけ、邪魔だ」

天狗は吉平をつきとばすと、バリバリと簾をはがす。

煌子は屋形の一番奥に潜んでいたが、簾がないと丸見えだ。

「いたか？」

「いたぞ！」

天狗たちは長い腕をのばし、煌子の腕をつかんで、ひきずりだそうとした。

「やめろ！」

吉平は抵抗しようとするが、武芸の心得はまったくないので、煌子ともどもあっさり天狗にとらえられてしまう。

「これが晴明の邸からただよっていた妖気の源か」

「あの邸の結界は強力で、おれたち天狗が束になっても突破できなかったが、ようやく手にいれたぞ」

「美味そうだな」

天狗たちは嬉しそうに煌子をとりかこんだ。

「ああ、最高に美味そうだ」

中にはよだれをたらしている天狗もいる。

煌子本人も、吉平も知らなかったことだが、実はあの邸は、葛の葉が厳重な結界(けっかい)を張り巡らせて、他の妖怪が入れないようにしてあったのだ。

「こいつも少しばかり妖気がでてるな」

吉平の腕をつかんだ天狗が言う。

「喰うか？」

吉平の首をつかんだ天狗が、目を輝かせ、舌なめずりをした。

「待て待て。勝手に喰らったことがばれたら首領に怒られる。二人まとめて鞍馬山へ連れて行こう」

「首領は怒ると恐ろしいからな」

天狗たちはうなずきあうと、吉平と煌子の腕をつかんだまま、黒い翼を広げた。

四

鞍馬山といえば、有名な天狗の巣窟(そうくつ)である。

「おまえだけでも逃げろ！　走れ！」

煌子をつかむ天狗の手に、吉平は全力でかみついた。

ギャアアアアッ、と、天狗は悲鳴をあげる。

煌子は必死で逃げようとするが、もう片方の腕も別の天狗につかまれている。

「エイッ」

煌子は決死の蹴りをいれるが、子供の蹴りなどでは天狗はびくともしない。

「こいつ、生意気だな！」

手をかまれた天狗が、もう一方の手で吉平の首をつかみ、ぎゅっと握りしめる。

吉平は自分の首にかけられた天狗の手をひきはがそうと両手でもがく。

「お兄様……！」

煌子は必死に手をのばすが届かない。

天狗の黒い翼がバサッと音をたて、煌子の足が地面からはなれた時。

「二人をはなせ！」

凛とした力強い声が響いた。

「お父様！」

煌子の顔がぱっと輝く。

「父上……？」

「陰陽師の安倍晴明だ！」

「葛の葉の息子が来たぞ！」

　天狗たちはギャアギャアと騒ぎ立てた。

「天狗どもよ、滅せられたくなくば疾く去るがよい！　十二神将の名において命ず、急々如律令！」

　晴明は呪符を地面に置くと、呪文を唱えた。

　指先から白い光がほとばしり、天狗たちを光の矢がつらぬく。

「ギャアア、何だこの光はっ!?」

「イテエェッ」

「陰陽師だ！」

「逃げろ！」

　天狗たちは煌子と吉平を投げ捨てると、我先にと、空中へ逃げていく。

　煌子はドサッと地面にたたきつけられた。

「大丈夫か!?」

「お父様ぁ……！」

　かけよってきた晴明に煌子はとびついた。

「怖かった……です……」

涙をぽろぽろこぼしながら言う。

「吉平も大丈夫か？」

「は……い」

吉平は咳き込みながらうなずいた。

「ち……父上、なぜ、ここに？」

天狗にしめられた喉を押さえながら、かすれ声で尋ねる。

「病人の禊祓いのために出向こうとしたら牛車がなかったので、吉昌に尋ねたら、しどろもどろな答えではっきりせぬから、どうもこれは何かあるなと怪しんでいたのだ。そこへ牛飼童がかけこんできて、おまえたちが天狗に襲われていると言うではないか。肝が冷えたぞ」

通りすがりの者から馬を借り、大急ぎでかけつけてきたのだという。

「それにしてもうちのかぐや姫は、なんて格好をしているんだね。男の装束を着てまで外へ出かけたかったのか？」

煌子の狩衣姿に、晴明はため息をついた。

「だって、お兄様たちは毎日、お父様と一緒にお仕事をしていて、うらやましいです。

わたしもお父様と陰陽寮へ行きたいのに」

「そうか……」

あまりにもいじらしいことを言われ、晴明は煌子を叱ることができない。

とにかく娘に甘いのだ。

「耳も尻尾もなかなか上手に隠したものだが、吉平の考えか？」

「すみません。どうしてもどうしても出かけたい、と、かわいい声でせがまれて、つい、負けてしまいました……」

吉平は勉学や職務にはあまり熱心ではないが、機智に富み、この程度の謀なら簡単にやってのけてしまう。

天文一筋の堅物吉昌とは対照的だ。

「吉平……」

「だって父上、このままずっと邸の奥にひきこもって一生をすごすなんて、あまりに不憫ではありませんか。たまたまお祖母様譲りのふわふわした耳で生まれたというだけで」

「それはそうだが」

「外出させるなら今しかないと思ったのです。あと五年もして、娘らしい顔や身体つきになってしまったら、男の格好などできないでしょう」

「おまえは本当に妹に甘いな」

「父上ほどではありません」

吉平の指摘に、晴明は咳払いをしてごまかす。

「とにかく、煌子は、もう二度と勝手に出かけてはだめだよ。外は恐ろしいということが身にしみただろう？」

「わかりました。もう二度と勝手に出かけたりはしません。でも、お父様と一緒なら大丈夫でしょう？　天狗たちが大慌てで逃げ出すなんて、お父様ってすごい陰陽師なのね！」

「いや、それほどでもないが……」

晴明は照れ笑いをうかべる。

「まあ、とにかく今日は邸へ戻ろう。煌子は私が一緒に馬で送るから」

「本当に!?　お父様と馬に乗るの初めてね！」

煌子はここぞとばかりに晴明にぎゅっとしがみついた。

五

その夜、黒い格子（こうし）の蔀戸（しとみど）をあけはなった南側の廂（ひさし）に座り、晴明は夜空をながめていた。

うっすらともやのかかった明るい空に、星が淡く輝いている。

「父上、いかがですか？」

酒を持ってきたのは吉平だ。

「うちのかぐや姫はどうしている？」

「母上に厳しく叱られ、罰として、夕餉（ゆうげ）ぬきで和歌の書き取りをさせられています」

苦笑いする吉平自身も、夕餉ぬきの罰をくらったのは言うまでも無い。

「まさかこの邸がお祖母様の結界で守られていたとは知らず、浅慮（せんりょ）なまねをして申し訳ありませんでした」

「母上が結界を？」

「はい、天狗たちが申しておりました。父上も気づいておられなかったのですか？」

「私はどうも呪術は苦手でね。陰陽少属（おんみようのしょうさかん）という官職をいただいているのに申し訳ないことだが」

　陰陽少属とは、陰陽師たちの中の管理職である。

　天文得業生として研修をつんだ者が天文博士になる前に、数年間、陰陽師としての経験をするというのが陰陽寮の慣例となっているらしい。

「ご謙遜を。今日は呪符を使って、天狗たちを一蹴されたではありませんか」

「あれは自分でも驚いている。たまたま持っていた竈神（かまどがみ）の祟りを祓うための呪符を使ったのだが、あんなに強い力を発揮するとは思わなかった。天狗はみかけによらず呪符に弱い妖怪なのかもしれぬな」

「神の祟りを祓うための呪符が、天狗にもきいたということですか？　あの白く輝く光といい、呪符ではなく、父上の力がずば抜けているのではという印象を受けましたが」

「白い光？　何のことだ？　気のせいではないか？」

「そうですか？」

　吉平は首をかしげた。

「おや、二人でお月見ならぬ星見ですか」

ほやの干物を持ってきたのは吉昌だ。

「兄上も腹ぺこでしょう？」

父と兄にさしだす。

「母上の怒りは少しはおさまったか？」

「どうでしょう。黙々と縫い物をしておられます。今日のことで、いろいろ不安になられたのでしょう。私たちだけでいつまで煌子を守り通せるか」

「姿が先祖返りしているだけではなく、強力な妖気もそなえていたとはな」

息子たちの言葉に、晴明はため息をつく。

「人目につかぬよう、かくして育てればなんとかなると思っていたが、そうもいかぬかもしれぬな。信太森の母上に託すのが、一番確実なのだろうが……」

「ようやく気がつきましたか」

高く力強い声がした。

宣子とも、煌子とも違う女性の声だ。

誰だ、と、問おうとした時、庭から強い突風が吹きこんできた。

風で倒れた几帳やついたてが散乱する邸内に、長い白銀の髪の女性がおり立つ。

耳は三角でふさふさの毛におおわれ、長い尻尾は九本もある。

どちらも真っ白だ。

「久しぶりですね、晴明と、その息子たち」

「母上!?」

十年ぶりに、信太森から葛の葉が訪ねてきたのである。

六

妖狐である葛の葉は、十年前とほとんどかわらぬ、若く美しい姿のままだ。

もっとも、晴明も十年前とあまりかわっていないのだが。

「お祖母様!?　どうやってここへ!?」

「あいかわらずお美しい」

当たり前の質問をしたのは吉昌、とっさにほめたのは吉平だ。

「ほほ、そなたたちはすっかり立派になったのう」

葛の葉は孫たちにむかって、にっこりとほほえむ。

「お、お義母様!?」

突風に驚き、慌てて出てきたのは宣子だ。

「今日、煌子が天狗たちにさらわれそうになったそうじゃな」

「なぜそれを？」

「都じゅうのカラスや狐、狸、あるいは妖怪たちがみな噂しておる。あやういところを晴明が呪符に妖力をこめて救ったとか。さすがは我が息子」

「いや、それは噂に尾ひれがついただけでは」

「わらわに嘘は通じぬ。妖力を行使した気配がまだ残っているぞ」

「え？」

「晴明、そなたはこれまでわらわから受け継いだ力をまったく使ってこなかった。また使う必要もなかったのであろう。だが今日は、娘を守るために、無意識のうちに力を解放したのじゃな」

葛の葉の言葉に、吉平がうなずく。

「やはり私の見間違いではなかったのですね」

「そんなことが……？」

晴明本人は半信半疑だ。

「しかしこの邸に煌子を隠していることが、妖怪たちに知れわたってしまった。今やここも安全とは言い切れぬ。やはりわらわが信太森で育てよう」

「それは……」

晴明と宣子は目を伏せる。

「母上、考える時間をいただけませんか？　あまりにもいろんなことが今日おこったので、即答いたしかねます」

「そうか？　他に道はないと思うが」

十年前には、自分たちで娘を育てると言い切った二人だが、さすがに今日は迷っていた。

しかし。

「嫌よ、わたしはどこにも行かないわ！」

かくれていた塗籠の妻戸を開けはなち、大声で訴えたのは、煌子だった。

手には手習いの墨がついている。

「これ、決して出てこぬようにと言ったではありませんか」

　宣子が叱るが、煌子はひるまない。

「だって、このままだと、わたし、狐の森に連れて行かれちゃうんでしょう!?」

「煌子か。十年ぶりじゃのう。と言っても覚えておらぬと思うが」

　煌子の失礼な言いぐさを聞き流して、葛の葉は鷹揚に微笑んだ。

「わたしが生まれた夜の話は聞いていています」

「そうか。そなたの両親も兄たちも、この邸でそなたを育ててみせると言いきったが、結局今日のていたらくじゃ。わらわとともに信太森へ行けば、天狗や他の妖怪たちもそなたに手出しすることはできぬ。それに、都と違って人目を気にする必要もないゆえ、尻尾をのばして自由に出歩けるぞ」

「嫌です」

「なぜじゃ？」

「お父様と一緒にいられないところになんて、行きたくない。わたしはお父様とずっと一緒にいるの！　お願い、お父様、お母様、わたしを狐の森になんかやらないで！」

　煌子は泣きながら晴明に抱きついた。

「せっかくわらわが優しく言っておるのに、聞き分けのない子供よのう」

葛の葉はあきれ顔である。

「しかし煌子、そなたを守ろうとして、兄もあやうく命を落とすところであったと聞いたぞ」

「あっ……」

「それは妹のせいではありません。私がもっと強くなります！」

いつもひょうひょうとしている吉平が、珍しく真顔で訴えた。

「けなげだのう。しかし妖力の弱いそなたが天狗に勝つのは無理であろう」

「そんな……」

「私も兄とともに妹を守ります。これからは天文だけでなく、呪符や呪文の勉強にも力を入れます」

今度は吉昌が葛の葉に訴えるが、「無駄じゃ」と一蹴されてしまう。

「よいか、煌子。自分ひとりが危険な目にあうのではない。そなたは家族を危険にまきこんでしまう。それを避けるためにも、信太森に隠れるしかないのじゃ」

「お兄様たちのことも、お父様が守ってくれるから大丈夫よ。わたし、もう二度と勝手に出歩いたりしない。約束するわ。ずっとお父様のそばにいるの。だからお願い、お父様、いいでしょう……？」

鳶色の瞳からあふれる涙を、小さな拳でぬぐうと、頬に墨のまだら模様ができる。

晴明と宣子は互いの顔を見て、うなずきあった。

「母上、本人がこう申しておりますので、なにとぞご容赦くださいませ」

晴明は真っ直ぐに葛の葉の目を見る。

「煌子ももう十歳。自分が危険に囲まれていることが、今日のことで十分、身にしみています。それでもなお、私たちと共にいたいというのであれば、本人の意思を尊重してやりたいと思います」

「わたくしもです」

「はあ？　そのようなことができると本気で考えておるのか？　この娘がもたらすのは災いばかりだと気づかぬのか!?」

「その時は親として、精一杯、災いから守ってやるつもりです」

晴明の決意に、葛の葉は眉をつりあげた。

「まったく、話にならぬな。心配してわざわざ信太森よりかけつけてやったというのに、二度も拒絶するのか！」

「申し訳ございませぬ」

宣子も平謝りである。

「もうよい！」

葛の葉は扇をバシッと床にたたきつけた。

九本の白い尻尾が逆立ち、目の周りが朱色に染まる。

「二度とわらわは助けてやらぬからな！」

二度も拒絶されて、葛の葉はひどく立腹したのだろう。

来た時以上のすさまじいつむじ風をまきおこして、信太森へ帰っていったのであった。

七

「あの時の葛の葉さまの怒りようときたら、ひどいものだった。思い出すだけで肝が冷える。なにせはるばる和泉国(いずみのくに)の信太森から、かわいい孫娘のために大急ぎでかけつけたのに、追い返されたのだからな。しかも二度目だ」

黒平は、フウ、と、大きく息を吐きだした。

「もしかして、白狐姫が天狗にさらわれそうになった一件を葛の葉さまが知っていたのは……」

黒佑は小さい目をきょときょとさせて尋ねる。

「そう、わしが知らせたのだ。わしは白狐姫が生まれる前から、松の枝にとまり、ずっと晴明の邸の様子を見張ってきた」

「これは、先輩でしたか！」

黒佑はうやうやしく黒平に頭をさげた。

「葛の葉さまはああ見えて親ばかで、晴明が五歳の時から、ずっと様子を見張らせてきた。見張り役はわしで三代目、おまえが四代目だ」

「親ばか、ですか？」

「たとえば白狐姫が生まれてすぐに内裏(だいり)が全焼しただろう。おまえはまだ生まれていないか？　あの時の火災で焼失した宝剣を再鋳造するのに、晴明も功績があったということで、翌年、天文得業生から陰陽師へと昇進している」

「葛の葉さまが賄賂でもおくったんですか？」

「いや……あの火事、葛の葉さまの命令で、わしが左兵衛の詰め所の灯明に檜皮を差し入れたら、あっという間に火が大きくなってしまったんだ」

「えっ⁉」

「まさかあんな大火事になるとは思わなかったが、晴明が昇進して、葛の葉さまは大満足だった。しかし一番気の毒なのは、あの夜、左兵衛の詰め所にいた者たちだ。事実を報告したのに、失火の原因をカラスのせいにするなど、つまらぬ言い逃れだ、と、さんざん陰口をたたかれたらしい」

「そ、そうだったんですか」

黒佑は小さな目をしばたたく。

「それで、一度は天狗たちにさらわれそうになった白狐姫が、なにゆえ今や鞍馬の大天狗を従える最強の妖狐となったのですか？」

「そう慌てるな。まだまだ続きは長い」

黒平は話を続けたのである。

第四話　陰陽寮と陰陽師安倍晴明

一

ひと月ほどは邸でおとなしくしていた煌子だが、ふた月もすると、またぞろ外に出かけたい、と、言いはじめた。

「この前は結局、陰陽寮どころか大内裏にも入れなくてがっかりだったわ。お父様がつとめておられる陰陽寮をひと目見てみたいの。お父様と一緒にでかければ天狗たちも手出しできないのだから、いいでしょう？」

毎日この調子である。

「いいかげんにしないと、また信太森のお祖母様が迎えにいらっしゃいますよ」

「ものすごくプンプン怒ってたから、当分いらっしゃらないわよ」

あっけらかんとして煌子は笑う。

煌子は良くも悪くも、常に前向きで楽天的なのである。

「もう、殿からも言いきかせてくださいな。煌子ときたら、また吉平あたりを丸め込んでこっそり出かけかねませんわ」

宣子がため息をつく。

「いやその、煌子が、自分だけ狐耳に生まれたばっかりに外にでられなくて、と、いつになくしょんぼりしていたので、つい……」

吉平は首をすくめて言い訳をしたが、火に油をそそいだだけだった。

「それが煌子の常套(じょうとう)手段です。耳が三角であろうとなかろうと、結婚前の娘たる者、むやみに外を出歩くものではありません」

「そうですよね。わかってはいるのですが」

「でも母上だって、若い頃は宮仕えをされていたんですよね？」

吉昌の言葉に耳をピンと立てたのは煌子だ。

「そうなのですか!?　お母様、宮中でどんなお仕事をしておられたのですか!?　いいなぁ、わたしも内裏へ行ってみたい」

「そ、それは、たまたま、叔母様からお話があって……。煌子の出歩きたがりとは全然違います」

宣子は、コホン、と、せきばらいをしてごまかした。

「そうなの？　でも宮仕えは本当なんでしょう？　わたしも一度でいいから、お父様と一緒に陰陽寮へ行ってみたいわ。ね、お父様、いいでしょう？」

「本当に一度だけなら考えてもよいか」

「殿！」

「まあまあ、役所などどこも地味で退屈なところだ。一度見てみれば、煌子も満足するだろう」

「ありがとう、お父様！」

煌子は晴明に抱きついた。

二

数日後の早朝。

煌子はふたたび男装して、晴明たちとともに牛車に乗り込んだ。

まだ日が昇ったばかりで、空気がひんやりしている。

父も兄たちも文官が出仕する時の束帯姿で、冠をつけて袍（ほう）を着用し、笏（しゃく）も持っているので、家でゆったりとくつろいでいる時とは雰囲気が違う。

「狩衣もすてきだけど、束帯姿だと、お父様は一段ときりりとしておられるわ」

「煌子はいつもの女童（めのわらわ）の汗衫（かざみ）姿の方がかわいいよ」

残念そうに言うのは、吉平だ。

「ふふふ、この姿は今日だけだから安心して」

「いいか、とにかく大内裏は広いから、私とはぐれないようにしっかりついてくるのだぞ」

「はいっ」

晴明に念を押され、元気よく煌子は答えた。

今日も煌子は、牛車の側面についている小窓にはりついて、土御門大路の景色に目をこらす。

早朝ということもあり、最初は人通りもまばらだったが、大内裏が近づくにつれて、人や馬、そして牛車が増えてくる。

「あちらの立派な白っぽい牛車は？」

「あれは檳榔毛車といって、身分の高い公卿が使う牛車だ。檳榔という植物の葉を裂いてつくった特別高級な素材で車体を葺いているんだよ」

「あの色とりどりのきれいな牛車は？」

など、次から次へと質問が止まらない。

煌子はすっかり、うかれてはしゃいでいる。

一方、晴明と兄たちは、いきなり天狗があらわれやしないかと、油断なく周囲の様子をうかがっている。

晴明が牛車の内側など目立たぬところに呪符をはりめぐらせた甲斐あって、今のところあやしい気配はないようだ。

「牛車をおりたら、おとなしくしていること。なるべく口も開かぬように」

「はい、わかってます」

煌子は精一杯、低い声で答えた。

宣子が化粧を工夫し、性別はもちろん年齢も不詳の顔に仕上げたのだが、声をごまかすのだけは難しい。

門の近くに牛車をよせて、牛をはずすと、前方の簾をあげて、晴明から順に牛車からおりる。

「大丈夫か？　踏み台を使っておりるんだ」

吉平がさしだした右手につかまりながら、煌子はするりと着地した。

慣れない格好のせいで、いつもより動作がぎこちないが、それでも常人よりははるかにかろやかである。

「ここが大内裏……」

高い築地塀の内側にひろがる壮麗な光景に、煌子はごくり、と、唾をのみこんだ。

むやみやたらと広い。

何十棟もの瓦屋根に白い壁、朱色の柱の建物が、整然と並んでいる。

まるで唐の都、長安にいるようだ。

「想像以上の広さと人です」

「ここは儀式をおこなう大極殿や豊楽殿をはじめ、兵部省、式部省、民部省など政にかかわるあらゆる官庁が集まっている。大内裏のほぼ中央にあるのが、帝のおられる内裏だ。この内裏のすぐ近くに、陰陽寮がある」

「はい」

「大内裏では、一部の例外を除き、牛車や馬に乗ることは許されない。ひたすら歩かねばならないのだが、大丈夫か？」

晴明が心配そうに尋ねる。

「もちろん！　でも一部の例外って？　うんと偉い人たちですか？」

「高齢や病気などで歩けない人は、特別に宣旨(せんじ)をいただければ人力で動かす輦車(れんしゃ)に乗ってもよいということになっている。つまり関白(かんぱく)さまでも、歩けるうちは歩かねばならないのだ。ほら、あちらを歩いている黒い袍の人たちが四位以上の公卿とよばれる方々だ。その下の五位が深緋色(こきひいろ)の袍。六位は基本的には縹色(はなだいろ)だが、蔵人(くろうど)だけは例外で……」

説明しながら、晴明はゆっくり歩きはじめた。

冠の後ろについている纓(えい)という長い飾りが、ひらひらとゆれる。

「慣れない外出で、牛車でずっと座っていたが、足がしびれたのではないか？」

吉平が心配そうに尋ねた。

「今日はひどく晴れているから、陽射しがきついだろう」

こちらは吉昌だ。

「やめてください、小さな童じゃないんですから」

「そうだぞ。歩くのが嫌なら、牛車で邸に帰ればいいだけだ」

「そう言う父上だって、いつもよりかなりゆっくり歩いてますよね？」

吉平の指摘に、晴明は、こほん、と、照れ隠しの咳払いをする。

「これは、その、内裏の様子をよく見せてやるためだ。ほら、あれが陰陽寮だ。普通の建物だろう？」

煌子は目の前の建物にうっとりと見とれた。

「ここが陰陽寮なのですね！」

「陰陽寮に何か用か？」

いきなり背後から声をかけられて、煌子はビクッと肩をふるわせた。

三

煌子はおそるおそる後ろをふりむく。

そこに立っていたのは、晴明より少し年長の、品の良い官人だった。

深緋色の袍に、重い物など一度も持ったことのなさそうな美しい手。

四十歳になるやならずで陰陽寮の責任者である陰陽頭（おんみょうのかみ）に任ぜられ、この頃には天文博士と主計頭（かずえのかみ）を兼任していた賀茂保憲（かものやすのり）である。

「朝からお騒がせして申し訳ありません。今日はお休みでは？」

晴明がさっと頭をさげると、三人も急いであとに続く。

「御陵（ごりょう）に虹が立ったので、急ぎ天文密奏（てんもんみっそう）を出せとのお召しがあってね。ところでこの少年は？　どことなく面差しが似ているようだが、息子は三人いたのか？」

「いえ、この子は甥です。大学寮で勉強しているのですが、陰陽寮を見てみたいと申しまして」

先日、吉平が考えたものを応用した設定である。

「陰陽道に興味があるのかね？」

「はい、もちろんです！　ぜひ勉強したいと思っています！」

つい煌子が高い地声を発したので晴明はヒヤリとするが、幸い保憲は気にしなかった。

それどころか、煌子の本心からの答えに、保憲はにっこりとほほえんだのである。

「それは良い心がけだ。大学寮でも陰陽道を修めることはできるから、いつでも学びにきなさい。天文観測の道具など珍しいものもあるから見せてあげよう」

「えっ、あ、ありがとうございます」

「それではゆっくりしていくといい」

煌子たちにとっては幸運なことに、保憲はさっと立ち去っていった。

さきほど言っていた急ぎの天文密奏のためだろう。

保憲の姿が見えなくなると、晴明は思わず、フウ、と、大きく息を吐いた。

「危なかったな」

「はい」

「どういう意味ですか？」

「保憲さまは教え魔なのだ。特に暦（こよみ）の話になったら長い。三十代で暦博士（れきはかせ）に任ぜられたほどの達人だからな。自ら暦道（れきどう）の書まで執筆されているくらいだ」

「それはすごいですね」

「しかし見学のお墨付きをいただけたのは幸運だった。これで堂々と陰陽寮の中へ入れる」

「はい」

煌子はぱっと顔を輝かせた。

陰陽寮には、多くの書物の棚が並び、若者から壮年まで、十数名の官人が、書き物をしたり、書物を確認したりしていた。

また、ここには別に、観測のための天文台と、時を知らせるための鐘楼（しょうろう）と鼓楼（ころう）がある。

「おおざっぱに言って、手前から天文、陰陽、暦、そして漏刻（ろうこく）だ。それぞれの部門に責任者であり指導者でもある博士がいて、その下で天文生、陰陽生、暦生が学んでいる。それは知ってるね？　吉平は陰陽で、吉昌が天文だ」

「はい」

「じゃあまず保憲さまも勧めていた天文から見学しようか。吉昌、案内を頼む」

「おまかせください」

吉昌は天文観測の道具を見せた。

「これが渾天儀（こんてんぎ）という、とても貴重な道具だ」

いくつもの輪が重なった、複雑で美しい形の装置である。

「私たちは交替で、毎晩二回、戌刻と寅刻に夜空を観測して、天体に異変がないかを確認するのが仕事だ。もしも何かあったらその意味するところを占って、その結果を天文密奏として報告しなくてはならない」

「それで宿直が多いのね」

「夜空だけでなく、虹や雷も対象だ」

「おや、吉昌、その子は新入りかい？」

横からのぞきこんできたのは、ほがらかな青年だった。

四

吉昌と煌子に声をかけてきたのは、賀茂保憲の息子の光国だ。

吉昌にとっては、天文得業生の先輩でもある。

天文得業生というのは、かつて晴明も経験した官職だが、天文生の中でも特に優秀な者が二名ほど選ばれることになっている、将来の天文博士候補だ。

「大学寮で勉強している従弟です」

今度は吉昌がさきほどと同じ説明をした。

「まるで女の子みたいにかわいらしい顔をしてるんだね。名前は？」

「え、ええと、あき……安倍吉煌（あべのよしあき）、です」

名前までは考えていなかったので、煌子は適当にでっちあげる。

「そうか覚えておくよ」

光国は人のよさそうな顔でうなずいた。

そばにいる吉昌は嘘が苦手なたちなので、すっかり笑顔がひきつっている。

「渾天儀を見るのは初めてだよね？　特別に使い方を教えてあげよう。いいかい、これが黄道（こうどう）といって……」

吉昌と光国がいろいろ熱心に教えるが、煌子はあっという間に飽きてしまう。

煌子の目が泳ぎだしたのに気づいて、吉平が助け船をだした。

「天文ばかり見てないで、陰陽にも来ないか？」

「あ、ああ、そうですね」

やった、これで脱出できると思ったのもつかの間。

「卜占（ぼくせん）にも興味があるのかい？　これが占いに使う式盤（ちょくばん）といってね」

光国は今度は、占いに使う道具の説明をはじめた。

「以前は主に太一式占が使われていたんだけど、十年ほど前に火災で太一の式盤が焼失してしまうという大変な事件があって、それ以来、こちらの六壬式盤を使うようになったんだ。この上の円形の板が天盤、下の四角い板が地盤。使い方だけど……」

「道具の使い方はまた今度で。あとは私が教えますから」

煌子の表情から限界を察した吉平が、光国を止めてくれた。

「そうか？」

「はい、どうぞ天文の職務にお戻りください。これ以上光国さまをわずらわせては、後で私が父に叱られますから。どうもありがとうございました」

「むう」

光国はまだ話したりなそうだったが、しぶしぶ自分の職務に戻っていく。

「今の方も教え魔なの？」

「いや、いつもはそうでもないのだが、たまたまおまえが気に入ったんだろう」

「え」

「まあ、道具の話はもう十分だろう。というわけで、ここでは占いと祓えをおこなう。

多いのは吉日選びに、病気の原因占い、それから怪異の示すところを知りたいという占いかな」

「怪異？」

煌子は首をかしげた。

「怪異と言うとおおげさだが、ちょっと妙なこと、だね。たとえばそこの枝にいつもカラスがとまっているのだが、ある日急にこのカラスが役所の中にまで飛びこんできたとしたら、これは占いの対象になる。倒木のような自然現象や、不思議な夢など、占いの種類は広くて、結果の解釈は複雑をきわめるから大変だよ。占いの結果、禊祓いが必要なことも多いし」

「怪異と聞いて、先日の天狗たちを思い出したんだけど」

「幸い、あそこまでの本格的な怪異はそうそうない」

「たまにはあるの？」

「どうだろう。時々くらいかな？」

吉平は茶目っ気たっぷりに笑ってみせる。

「そこの声の高い新入り」

奥の方から暗く低い声がした。

五

煌子と吉平は、おそるおそる、声のした方にむかった。

少々はしゃぎすぎたことを咎められるのかもしれない。

声の主は、長い巻き紙をひろげ、小さな字で何やら書き込んでいる。

「光国さまの兄君の、賀茂光栄（みつよし）さまだ」

小声で吉平が教えた。

ずっと下をむいているので顔は見えないが、三十代だろうか。

ボサボサの髪が冠からはみ出し、袍にはしわがたくさんついている。

「あの、何かご用でしょうか……？」

煌子は光栄に尋ねた。

「おまえ、きれいな字は書けるか？」

そう言う光栄は、細く几帳面な筆跡である。

「いえ、かなり悪筆です」

「チッ、使えないな」

舌打ちをすると、光栄は筆を持っていない方の左手をあげて、サッサッと追い払う仕草をした。

もういい、ということらしい。

「失礼します」

煌子はぺこりと頭をさげると、なるべく音をたてないように光栄からはなれる。

「あれは何を書いておられたの？」

小声で吉平に尋ねた。

「具注暦(ぐちゅうれき)を作成しておられるのだ。ただ日付をならべただけの暦ではなく、その日おこなって良いこと、おこなってはならぬこと、また行ってはならぬ方角などを一年分、詳細に書き入れていく。たとえば引っ越し良、とかね」

「一年分？」

「うん。とにかく暦ができぬことには、来年の政や儀式の予定がたてられないから、とても重要な仕事だ」

「毎年の干支にあわせて新しいのをつくるの？」

「ああ。しかも星回りというのは、生まれた日によりちがうから、帝、中宮、東宮、関白など、それぞれの方にあわせて暦をつくらねばならない」

「大変。それで文字がきれいな助手がいるのね」

「高貴な方々が毎日ご覧になる暦だからね。しかもこの暦にその日のできごとを書きこんで、日記として使っている方も多い。つまり後々まで残るものだ。内容が正しくても、文字がきたない暦をお届けするわけにはいかないだろう」

「暦道は暦道ですごい仕事をしているのね。わたしには絶対無理だけど」

　煌子は感心する。

「さて、お……ではなくて、晴明さまのお仕事についてもっと詳しく……」

　煌子が屋内を見回し、晴明をさがしていた時、ゴオン、と、大きな鐘の音が聞こえた。

「ワッ」

　思わず煌子は両手で、烏帽子ごしに耳をふさいだ。

　耳が良すぎるので、頭がくらくらする。

「今みたいに、時刻を知らせる鐘鼓も陰陽寮の仕事だよ。漏刻博士たちが水時計を使って時刻を正確にはかり、起床の時間、仕事開始の時間、終了の時間などを毎日知らせるんだ。これまた重要な仕事だね」

煌子は耳をおさえたまま、うなずいた。

「というわけで、もう邸に帰る時間だね」

吉平に言われて、煌子ははっとする。

次々にあらわれる賀茂一家に足止めをくっているうちに、いつの間にか帰宅の時間になっていたのだ。

もっといろいろ見て回りたかったが、晴明のそばをはなれて一人で大内裏に残ることはできない。

他の官人たちも仕事を切り上げ、三々五々、門にむかって歩いていく。

朝見たのと、ちょうど逆の光景である。

帰りの牛車の中で、煌子は大きなため息をついた。

「やはりたくさん歩いて疲れただろう？」

　心配そうに晴明が尋ねる。

「沓ずれしてないか？」

　これは吉平だ。

「朝粥だけだと、慣れないうちはお腹がもたないよね」

　吉昌も同情の表情である。

「逆です。体力はありあまっています。幼い頃から、お兄様たちと蹴鞠をして鍛えてますから。あーあ、もっともっといろいろ見たかったなぁ」

　煌子の答えに、三人は顔を見あわせた。

「私は今夜も天文観測があるから、後でまた陰陽寮に戻るけど」

　吉昌の言葉に、煌子は首を横にふる。

「天文観測には興味しんしんだけど、また光国さまにつかまるのはちょっと」

「では私と出かけるか？　今日はこの後、禊祓いに行くことになっている」

「はい！」

　晴明の誘いに、煌子は喜び勇んで答えた。

六

午後も出かけると聞いて、宣子は大反対だったが、もちろん言うことをきく煌子ではない。

「また勝手に出かけられるよりは、私がついていた方が安心だろう」

晴明がかばうが、かえって火に油である。

「殿」

「うむ」

「殿は煌子に甘すぎではありませんか？」

「そ、そうかな」

晴明の目が泳ぐ。

かわって、ずい、と、煌子が宣子の前にでた。

「お母様、今日、陰陽寮で暦を作っている人に、きれいな字を書けない者に用はないって追い返されました。お母様がいつも手習い、手習いってうるさくおっしゃるのは、意地悪じゃなくて、人として本当に大切なことだからなのだって身にしみました」

「ようやくわかりましたか」

「はい。今夜は心をこめて手習いを頑張ります。だから、夕暮れまではでかけさせてください」

「珍しく殊勝なことを言うと思ったら、結局、それが目的だったのですね」

「お願いします！」

煌子が勢いよくひれ伏すと、床板に額がぶつかって、ゴン、と、にぶい音が響いたのであった。


赤くはれた額にあきれて、宣子は午後の外出を許してくれた。

晴明が煌子をつれておとずれたのは、病気で寝こんでいる参議（さんぎ）の広い邸だった。

東中門（ひがしちゅうもん）で牛車をおりると、家人（けにん）に取次を頼む。

「陰陽少属の安倍晴明です。この者は私の助手です」

「お待ちしておりました」

晴明はすぐに邸の中へ案内された。

御簾ごしに、ひどく咳き込んでいるのが聞こえる。

主人が病気で臥せっているせいか、邸じゅうに、よどんだ気配がたちこめているようだ。

「もう五日ばかりこの調子で、ずっと熱もさがらないのです。ついては原因を占うようにとの仰せです」

病人が咳の合間に、ボソボソと話すのを、家司が晴明に伝える。

「かしこまりました」

晴明は神妙な顔をして、式占をおこなった。

「これは……」

「どうした？」

「呪詛、と、でました」

晴明の返答に、「やはりか」というざわめきが広がる。

どうやらこの邸の人々には、心あたりがあるらしい。

「すぐに床下と井戸をご確認ください」

参議は早速、使用人たちに、床下にもぐり、また、井戸をさらうように命じた。

「あ……ありました！　厭物（えんもつ）です！」

井戸の底から出てきたのは、見るからにまがまがしい、髪の毛でぐるぐると縛った餅である。

「どうして井戸があやしいとわかったのですか？」

煌子は驚嘆して晴明に尋ねた。

「特に呪詛の効果が高いとされているのは、呪いの対象者が寝ている場所の床下、もしくは井戸だからだ」

「そうなのですか！」

普通の姫君であれば、おぞましさに気絶するところだが、煌子は逆で、興味しんしんである。

「おのれ、あやつか……それとも、あやつか……？　とにかく、すぐに呪詛の祓えを」

ゲホゲホと咳き込みながらも、怒りにみちた参議の叫び声が、御簾ごしにもはっきり聞こえてくる。

「かしこまりました」

晴明はすぐに祓えの支度をはじめた。

七

祭壇をしつらえると、晴明は祭文を唱えはじめた。

低く、ろうろうとした声だ。

煌子が見ていると、晴明の祭文によびだされるように、厭物からどす黒い煙のようなものがしみだしてくる。

黒い煙はぐるぐると厭物のまわりをとりかこみ、苦しそうに震え、のたうちはじめた。

まるで断末魔の蛇のようだ。

黒い蛇は、なんとか祓えをやめさせようと、晴明の周囲をずるずると這いはじめた。

さらに邸の内側からも、御簾を通り越して、黒い煙が大量にでてくる。

邸の煙は、厭物からでた煙とまざりあうと、晴明へむかっていった。

「……っ！」

煌子はすっくと立ち上がると、清めの塩をつかみ、晴明の周囲にまきちらす。

陽光をうけて、塩粒がきらきらと輝き、晴明にふりそそいだ。

晴明は一瞬、まぶしそうに目を細めるが、祭文を途切れさせることはしない。

黒い煙は塩をまかれたナメクジのように縮んでいくと、晴明のまわりを三度ほど這いずり、ついにあきらめて飛び去っていった。

おそらくは呪詛をかけた主へと返されたのだ。

晴明が「急々如律令」で締めくくり、祓えは終了した。

「すごい……。あんなによどんでいたこの邸の空気が、すっかり清浄になりましたね！　さすがです」

良くも悪くも煌子の声は通る。

「こら、失礼だぞ」

晴明は小声で止めようとしたが、邸の人々はみなひどく感心し、うなずきあった。

「まことに、たいしたものですなぁ」

家司の声も、晴れ晴れとしている。

「お役に立てましたら幸いです。数日中にはお身体も快方にむかわれると思いますが、しばらくはご無理はなさいませぬよう」

晴明は丁寧に頭をさげた。

東中門の外で待たせている牛車に戻ろうとすると、さきほどの家司が追いかけてきた。

「主人より、お礼の品でございます。どうぞお納めください」

家司がさしだしたのは、美しい絹布だった。

「これは、おそれいります」

晴明が頭をさげると、慌てて煌子もならう。

煌子は絹布を抱えて、晴明とともに牛車に乗り込んだ。

「さすが参議さま。これってすごくいい絹ですよね？　お母様が喜ばれます」

「うむ。これで機嫌を直してくれるといいのだが」

「それにしても、呪詛の犯人は誰なんでしょう？」

「参議ほどの地位の方となれば、いろいろ政敵もおられるだろうが、井戸に厭物を投げ込むには、この邸につとめている者の協力が必要だ。おそらくは買収したのだろうな。協力者が判明したら、芋づる式に、呪詛の黒幕にまでたどり着くだろう」

「政敵が、厭物を作ったんですか？」

「いや、あれは呪詛に慣れている者の仕業だろう。おそらくは法師陰陽師か……」

「ほうし？」

「僧侶にも、陰陽道の心得があり、禊祓いなどをおこなう者がいるのだ。ただ、彼らは、我々のような陰陽寮に所属する正規の陰陽師とは違い、しばしば、呪詛にも手を貸すことがある」

「なぜです？」

「頼む者がいるからだよ。おそらくはかなり高額の報酬を受け取って、呪詛を請け負うのだろう。呪詛は重罪だし、呪詛返しにあったら大変なことになる。少々の報酬では割に合わないからね」

「んん？　つまり呪詛を依頼するのって、かなり財力がある身分の高い方々っていうことですか？」

「うむ」

「それなら呪詛なんて面倒くさいことするより、闇討ちでもした方が全然手っ取り早くて確実なのに、変なの！　頭悪いのかしら？」

あっけらかんと煌子が言ったので、晴明は珍しく大声で笑いだした。

「あっはっは、その通りだな」

「そうでしょう？」

煌子はにっこりと笑う。

「ところで、さきほど塩をまいたのはなぜだね？」

「だって、厭物からでてきた黒いもやもやした蛇みたいな煙が、お父様を狙っていたでしょう？　普通は、米をまくものかもしれないけど、あのもやもやには塩の方がきくと思ったの」

煌子は眉をひそめる。

「黒いもやもや？」

「ええ、邸の中からもでてきたわ。もちろん火事の煙じゃないわよ。何かこう、嫌な感じの……」

「それは瘴気だよ。驚いたな、煌子には瘴気が見えるのか」

晴明は目を大きく見開いた。

「お父様には見えないの？」

「重い気配がまとわりついているのは感じたが、動きまでは見えなかった。他の人たちには、何も見えないし、感じることすらなかっただろう。さすが煌子だ」

「じゃあ、白い気配は？　お父様が祭文を唱えはじめると、身体から白いキラキラした光がたちのぼってすごくきれいなの」

「そういえば吉平も先日、白い光がどうのと言っていた。詞（ことば）のもつ力か、あるいは私の霊気かもしれぬが、いずれにせよ自分では見えぬ」

「そうなの？　でもあのお父様がだしている白い光が、きっと、呪詛の瘴気をしりぞけたのよ」

「自分では見えないので何とも言えないが、煌子に見えたのならそうなのかもしれないな。おそらく煌子は、耳だけでなく、目にも特別な力をさずかっているのだ」

「そうなのかしら？」

「うむ。私だけでなく、すべての陰陽師がほっする優れた力だよ。今日は私も、清めの塩に助けてもらったし」

　晴明は目を細めて、煌子の額をなでた。

　本当は頭をなでたかったのだが、烏帽子が邪魔だったのだ。

「わたし、お父様の役に立ったの？」

「もちろんだとも。煌子の助けがなければ、祓えに失敗したかもしれない」

晴明の言葉に、煌子はぽろりと涙をこぼした。

「どうした!? やはり足が痛むか？」

「ううん、嬉しいだけ」

煌子は頭を左右にふる。

「まさかわたしがお父様のお役に立てることがあるなんて、考えたこともなかったから」

煌子は両腕をのばすと、晴明の首にぎゅっと抱きついたのだった。

その夜、煌子は手習いをしながら、吉平に呪詛の話をした。

「でね、わたし、お父様に言ったのよ。呪詛なんて面倒くさいことするより、闇討ちでもした方が全然手っ取り早くて確実なのに、頭悪いのかしら、って」

煌子の話に、吉平は眉を片方つりあげる。

「父上は何と答えられた？」

「その通りだなって笑っておられたわ」

煌子は鼻高々だ。

「おまえはまだまだ子供だなぁ」

「えっ、どうして？」

「考えてもみろよ。そもそも公卿は自分の手を汚すのが嫌いだ。ついでに血を流すのも嫌いだ。仏教の教えに反したら、死んだ後、極楽浄土へ行けないからね」

「闇討ちだって、人を雇ってやらせたらいいじゃない」

「まあそうなんだが、闇討ちなんてしたら、呪詛よりはるかに高い確率で犯行が発覚するし、検非違使（けびいし）にとらえられてしまうだろう？」

「そうかしら？」

「そうだよ。まあ、おまえのその子供っぽい真っ正直なところがかわいくて、父上は笑われたんだろうけど」

吉平は煌子の鼻を人差し指でつんつんとつついた。

「そんなことないわよ！　お兄様は意地悪だわ！」

煌子は頬をぷっくりとふくらませて、吉平の胸をぽかぽか殴ったのであった。

第五話 反閇と怨霊

一

陰陽寮へ連れて行ってもらった後、煌子が真面目に手習いに取り組むようになったため、宣子の態度もだいぶ軟化した。

「まあ、たまにであれば気晴らしに出かけても良いでしょう。ただし必ず父上と一緒ですよ」

宣子の許可ももらって、煌子は大喜びである。

涼やかな風にすすきがゆれる夕暮れ時に、晴明がむかったのは、とある公卿の別邸だった。

先日の参議の邸よりさらに広いが、庭も建物も掃除が行き届いておらず、どことなく荒れている。

「父上がこの邸をまろにくださるというお気持ちはありがたいが、どうも不気味であろう？」

八葉（はちよう）の紋をつけた牛車からおりてきたのは、公卿の息子だ。

息子本人も帝の側近くに仕える蔵人だという。

「今はどなたも住んでおられぬのですか？」

「うむ。三年ほど前に伯父上が亡くなられて以来、空き家となっておる。そなたは、方角的にはとても良いと申しておったが、どうも気がすすまないのじゃ」

「そうですね……」

晴明はざっと門の内側を見回した。

三年間人が住んでいなかったわりには、庭や屋根に雑草が高々と生い茂るようなこともなければ、塀の土も崩れていない。

いずれは息子に譲るつもりで、最低限の手入れはしてきたのだろう。

たしかにどことなく不気味なのは、色のかわりはじめた桜の葉を、かわいた風がザワザワと鳴らすせいだろうか。

「その、もしや、伯父上の怨霊がまだ残っておられたりはせぬか？」

どうやら伯父は、この邸で亡くなったらしい。

「そのような気配はございませぬが……念のため、反閇をおこないましょうか」

「へんばい？」

「行幸や引っ越しの前に、あらかじめその土地の邪気や悪霊を踏み固め、しずめておくための儀式でございます」

「おお、ぜひ頼む。今すぐとりおこなってくれ」

「かしこまりました」

晴明は門の前に立つと、背筋をのばし、右手で笏を真っ直ぐに構えた。

いくつかの呪文を順番に唱えていく。

夕暮れの金色の陽光の中、晴明から絹のようにつややかな白い光がたちのぼる。

すると庭の雑草の間から、ぴょこぴょこと小さなものたちがとびだしてきた。

煌子は最初、虫かと思ったが、よく見ると二本足で立ったり跳ねたりしている。

いかにも弱そうだが、妖怪の一種だ。

少し大きめの、狸ほどの妖怪もでてきた。

晴明のそばに集まり、歯をむきだして敵意をあらわにする妖怪もいれば、遠まきにして見ている妖怪もいる。

晴明は呪文をすべて唱え終わると、空中に指で縦に四本、横に五本の九字を切り、いよいよ膝を高くかかげる独特の歩き方をはじめた。

禹歩である。

二

禹歩は左右の足はこびが厳密にさだまっており、一歩一歩に、天蓬、天内などの名がつく特別な歩き方だ。

晴明が足を高くあげ、地におろすたびに、そばに集まっていた小さな妖怪たちはぎゅっと踏みしめられて、ギャッとなく。

中には晴明を傷つけることをあきらめ、いったんこの邸から退避しようとする妖怪もいた。

晴明が去った後でまた戻ってくるつもりなのだろう。

そうはさせるかと、煌子も晴明の真似をして、口の中で呪文を唱えながら、片っ端から笏でペシペシたたきつける。

晴明はいったん歩みを止め、また呪文をひとつ唱えると、最後に六歩歩いて反閇を終了した。

妖怪たちはみな、晴明と煌子の近くでのびている。

「無事に反閇を終えました。もう大丈夫です」

晴明がつげると、不思議な動きにぼうっと見とれていた蔵人は、はっとしたように目を見開き、あたりをきょろきょろと見回した。

「静かじゃ……」

蔵人はつぶやいた。

偶然かもしれないが、風がやみ、庭のざわめきも聞こえない。

金色の西陽につつまれた邸は、とてもおだやかにたたずんでいる。

「きちんと作法を守って引っ越しをおこなわれれば、よい住まいになることと存じます」

「うむ。それでは早速、引っ越しにふさわしい吉日を選んでくれるか？　むろん、当日の作法を書き出した勘文(かもん)も頼むぞ」

「はい。早速吉日を選び、明日にはお知らせいたします」

「うむ」

若き蔵人はすっかり晴れ晴れとした顔になり、八葉車（はちようのくるま）で去っていった。

晴明と煌子も牛車に乗りこむ。

「日時はともかく、引っ越しそのものに陰陽師が関係あるの？」

煌子の疑問に、晴明は、うむ、と、うなずいた。

「あるどころか、陰陽師がいないと引っ越しがはじめられないんだよ。特に新居に引っ越す時は、三日間にわたって手順を守らないといけないんだ。まず時間だが、夜、それも戌時におこなわねばならない。最初に新居に入るのは二人の童女で、一人は水をはったたらいを持ち、もう一人は灯りを持つ。つまり水と火だね。次に新居に入るのは牛だ」

「牛？」

「うん。それも黄牛（あめうし）、つまり、あめ色の牛で、牛をひく人は一人だけと決まっている。その調子で三日間の作法がことこまかに定められているんだよ。あと、この三日間は殺生をしてはならない、とか、音楽を奏でてはならない、などの禁止事項もたくさんある」

「そんなのとても覚えてられないわ」

煌子はげんなりした表情で、ため息をついた。

「だから書くんだよ。今言ったようなことを書き出したものを移徙作法勘文とよぶのだが、陰陽師がこの勘文を家長に渡すところから引っ越しがはじまる。作法をきちんと守ることによって、新しい邸と土地の神様に受け入れてもらえるんだ」

「もしも作法を無視したら？」

「土公神や宅神の祟りで、その家に引っ越してきた人が病気になる」

「えっ、大変じゃない！」

「だから勘文を頼まれた時は、膨大な項目の順番に間違いがないか、書き漏らしがないか、毎回緊張するよ」

「そうなんだ……。そんな難しいお仕事を頼まれるなんて、お父様はやっぱりすごいわ」

「それはどうも」

　煌子に感嘆の眼差しをむけられ、晴明は照れ笑いをうかべる。

「さっきのお邸は新築ではないから、厳密にすべて実践する必要はないだろうが、まあ、本人があの通り、伯父上の霊を恐れているし、初日くらいはきちんと作法を守った方がよさそうだな」

「でも伯父さんの霊なんていなかったわよね？　小さいのはいっぱいいたけど、あれは怨霊じゃないでしょう？」

「小さいの？」

「うん、お父様に踏みつけられて、ピーピーないてたやつら」

「……煌子がやたらと笏を振り回していたから、もしやとは思っていたが、やはりそういうことだったのか」

　晴明は、ふう、と、息を吐きだした。

「あれ、もしかして、お父様にはあの小さいやつらが見えてなかったの？　でもちゃんとお父様が、あの不思議な歩き方で踏みつけてたわよ。すごい儀式だなぁって思った。終わった後はすっかりお庭もお邸も落ち着いてたし」

「そうか、それなら良かった」

晴明は優しくほほえんで、煌子の額をなでる。

「だがあまり危ないことはしないでおくれ」

「はーい」

煌子は明るく答えた。


翌朝、晴明は約束通り、引っ越しの吉日をいくつか選んで書き出し、宮中にある蔵人の宿所まで届けに行った。

「昨日は助かったぞ、晴明。今もみんなに、反閇はすごい儀式だという話をしていたところだ」

「おそれいります」

「今度はうちも頼めるか？　広い邸へ引っ越すことにしたんだ」

顔を出したのは、同僚の蔵人だ。

「かしこまりました」

「うちも頼む。妻の兄が受領を拝命して遠方へ赴任することになったんだ。反閇って道中の無事にも効果あるんだよね？」

「ございます」

「ついでに出発の日も選んでもらえると助かる」

「かしこまりました」

晴明は丁寧に頭をさげる。

おしゃべりな蔵人のおかげで、この頃から少しずつ晴明の名がひろがりはじめたのであった。

三

しんしんと冷えこむある夜のこと、晴明の邸を急ぎの使者がおとずれた。

「予定よりずいぶん早く産気づいたので、今夜来てもらいたいと主が申しております」

「わかりました。すぐにうかがいますとお伝えください」

晴明は返事をすると、宣子に手伝ってもらって着替えをはじめた。

「中将(ちゅうじょう)の奥方のお産だ。今夜は帰れぬだろう」

「今年、若い奥方と再婚されたんでしたわね」

「うむ。すんなりいくとよいのだが……」

眉をくもらせながら晴明が牛車に乗りこもうとすると、先客がいた。

もうすっかり着慣れた男装の煌子である。

「お仕事ですよね？　わたしも行きます」

「いや、場合によっては徹夜になるから、子供には無理だよ」

「天文のお仕事ですか？」

「だったら良かったんだがね……」

晴明は苦笑いをうかべる。

「お産だよ。天文観測は遅くとも日の出とともに終わるが、出産はそうはいかないからね」

「お産に陰陽師？　引っ越し以上に想像がつかないわ」

「安産の呪文というのがあるのだ」

「初耳です」

「おまえが生まれた夜も唱えたよ。もちろん覚えていないだろうが」

「覚えてないけど、ありがとうございます」

「あとは、出産の邪魔をしようとあらわれるものを祓ったり……」

「え？」

「いや、まあ、煌子は寝なさい」

「そこまで言われたら気になって眠れません」

「僧侶や修験者も来るから、うるさいし煙たいぞ」

「平気です。ね、いいでしょう、お父様。もう着替えてしまいましたし」

「ううむ」

晴明は額に手をあて考えこんだが、結局、煌子のお願いには弱いのだった。

中将の邸に二人が到着すると、すでに数名の僧侶が護摩壇をたいて加持祈禱をおこなっていた。

庭には弓の弦を鳴らして魔を祓う武者たちも並んでおり、大騒動である。

「お産ってすごいんですね」

「うむ」

晴明も所定の位置につき、安産の呪文を唱えはじめた。

煌子は初めてのお産の現場に、興味しんしんである。

もちろん産屋の中には入れないのだが、苦しそうなうめき声がずっと聞こえている。

「お父様、このうめき声は……」

「奥方だ。産みの苦しみはそれは大変なものだというから……」

「それは産屋の中からのうめき声ですよね。それとは別に、ほら、あちら、庭の方からもうめき声が聞こえます」

「庭？」

晴明はいぶかしげな顔で立ち上がり、広い庭を見た。

邸のまわりはかがり火で明るく照らされているが、庭の奥の方は真っ暗である。

「うめき声、と言ったか？」

「はい。たぶんあちらの方……」

煌子がさし示した方を晴明も見る。

僧侶と修験者の声にまじって、たしかに何かが聞こえる。

おおお、とも、ううう、ともつかぬ、奇妙なうめき声だ。

「誰かいるのか？」

晴明は庭におり、闇にむかって尋ねた。

煌子も後ろに続く。

(うう……赦せぬ……産ませるものか……)

闇からぼうっとあらわれたのは、やせおとろえた女性の霊であった。

四

霊は半分闇に溶け込み、真っ白な顔だけがはっきりと浮かんでいた。

小袿の上には、乱れた髪がまばらにひろがっている。

「えっ、お、怨霊!?」

「静かに」

晴明に鋭い声でたしなめられ、煌子は黙ってうなずいた。

(そこを……のけ……)

「どちらへ行かれるのですか?」

(知れたこと……おお、あの若い女……もう産み月とは……わらわが半年前に病で苦しみ、命を失った時、もうあの女は身ごもっていたのじゃ……。そのような呪わしい子、無事に産ませてなるものか……！）

怨霊の真っ黒な目から、血の涙がだらだら流れる。

これまで見た黒いもやもやや、虫のような妖怪とは迫力が違う。

あまりの恐ろしさに、さしもの煌子も震えが止まらない。

「中将の奥方様でしたか」

晴明は怨霊の出現を予期していたのか、落ち着いている。

「奥方様のお怒りはもっともです。中将のなさりようはひどい」

（そうじゃ……殿は、ひどい……）

「ですが、産まれてくる赤子に罪はありますまい」

（なん、じゃと……？）

「赤子は親を選んで産まれてくることはできませぬ。どうか赦してやってください」

（赦せだと……？）

怨霊は真っ赤な口をクワッと開いた。

白髪が半分まじった髪がうねるようにのび、晴明の首にからみつく。

（ようも言うたな……）

怨霊のやせた指が晴明の頬にふれる。

しかし晴明はひるまない。

「お恨みになるなら、なにとぞ中将を」

（……あの赤子が死産であれば、殿もあの女も、さぞかし悲しむであろうよ……！

このまま腹の中で腐れはててしまうがよいのじゃ）

怨霊はおぞましい高笑いをした。

血生臭い風があたりをぐるぐると吹きぬける。

「正妻としての誇りをお忘れでなければ、なにとぞ赤子への慈悲を」

怨霊の真っ黒な目と、晴明の涼やかな眼差しがぶつかる。

煌子の入る隙はない。

「お願い申し上げます」

晴明は丁寧に頭をさげた。

（……おかしな陰陽師よの……。わらわを滅しようとは思わぬのか……？）

「奥方様なら、話せばわかってくださると思っております」

怨霊が、ふーっ、と、息を吐くと、晴明にからみついた長い髪がするりとほどける。

（……恨むなら殿を、か。そうしよう）

怨霊は、ふたたび闇の中に溶け込んでいった。

「大丈夫か、煌子？」

晴明が後ろをふりむくと、真っ青な顔で煌子がブルブル震えていた。

「お、お、お、お父様、今の、怨霊……！」

「だから来るなと言ったのだ……。お産の時に陰陽師や僧侶を大勢集めるのは、えてして、怨霊や呪詛を予期している場合なのだよ。今回のようにな」

「そうなのですね。わたし、怖くて、動くこともできませんでした。お父様はすごいです。怨霊相手でも全然ひるまないなんて」

「怨霊を説得できたのは煌子のおかげでもあるよ。早めに怨霊に出会えたからね。あれがあと少し遅くて、怨霊が中将と対面でもしようものなら、手がつけられなかっただろう」

「そうなんですか……」

煌子は首をすくめて、頭を左右にふった。

「でも、もし今の奥方が二人目のお子を出産されることがあれば、またあの前の奥方の怨霊があらわれるのでは？」

「そうかもしれぬな」

「本人が言っていた通り、完全に滅してしまった方が良かったのではありませんか？後日の憂いをなくすために」

「そもそも陰陽師には、死者を成仏させることはできない。それは僧侶の仕事だよ」

「お父様なら、天狗を追いはらったあの呪文で、怨霊も退治できそうですけど」

「まだ一人目も生まれておらぬのに、二人目のお産の心配をするとは、存外、煌子は心配性だな」

乱暴とも思える煌子の意見を、晴明はおだやかに流す。

「お父様こそ優しすぎですよ。先日の反閇の時だって、妖怪たちを踏み固めただけでしたよね？　本気を出せば退治できたはずなのに」

「踏み固めた妖怪は、私に従う。それで十分だよ」

「従う……？」

煌子はとまどって、首をかしげた。

妖怪を従わせるという発想がなかったのだ。

「退治するのではなく……？」

「うむ。むやみやたらと力をふるうのはよくない。結局おまえが恨みをかうだけだし、そもそも私たちも、妖狐の血を引く半妖なのだから」

「妖狐と怨霊は全然違いますよ」

「人外の存在というくくりでは一緒だよ」

「そうでしょうか……」

煌子は上目使いで唇をとがらせる。

怨霊と一緒にされるのがよほど不本意だったのだろう。

「まあ、おいおいわかるさ。さて、邸内へもどろう」

晴明がきびすを返すと、前方で、松明の炎がゆれていた。

こちらに近づいているようだ。

「話し声がしたようじゃが、だ、誰かおるのか？」

真っ暗な庭に立っていたのは、緊張した面持ちの、四十代後半の男性だった。

五

男性は、夜目にもはっきりとわかる、つやつやした綾織物の狩衣を身につけていた。例の中将だ。

そばには松明を手にした家人が付き従っている。

「安倍晴明にございます」

「なんじゃ晴明か。驚かすでない。怨霊が騒いでいると申す者がおるので、わざわざ見にきたではないか。早う安産祈願にもどるがよい」

中将はあからさまにほっとした表情で言った。

前妻の怨霊があらわれるのを恐れて、いや、確信していたに違いない。

「前の奥方さまの怨霊でしたら、たった今、晴明さまがみごとに追い返されましたので、もう心配いりませぬ」

煌子はにっこりと笑うと、わざと大声で言った。

「や、やはり、怨霊がでたのか!?」

中将は腰を抜かして、地面に尻餅をついた。

「と、殿！　あの法師陰陽師の申した通りでございます」

家人も真っ青になり、ガクガク震えている。

晴明は、やりすぎだ、と、煌子を目でたしなめた。

「ご安心ください。赤子に罪はない、と、去っていかれました。生前はお優しい方だったのでしょう。十分に供養してさしあげてください」

「お、おう、さようであったか。うむ。あいわかった。供養をおこたらぬようにしよう」

そう言いながらも、顔色はさえない。

前妻にうらまれていることを、十分自覚しているのだろう。

「さて、お産の方はもうそろそろ……」

晴明が夜空をあおいだ時。

ホギャア、と、力強い泣き声が聞こえてきた。

「産まれた……!?」

煌子が声をあげる。

「おめでとうございます」

晴明が祝辞をのべた。

「う、うむ」

中将は怨霊の恐怖から解放され、気が抜けたのか、口を半開きにした情けない表情でうなずく。

「殿、どちらですか!?　姫君のご誕生ですよ！」

庭に面した縁側で、女房（にようぼう）らしき女性が中将を捜しているのが聞こえてきた。

「姫か！」

ようやく中将は、はっとして顔をあげる。

「姫じゃ、姫の誕生じゃ！」

顔をくしゃくしゃにして、喜びを口にした。

晴明と家人に両側から抱え起こされると、中将はようやく立ち上がった。

「ありがとう、晴明！　そなたのおかげじゃ」

「お役に立てて幸いです」

「うむ」

中将は狩衣の尻のあたりが泥で汚れているのも気にせず、邸へかけもどっていく。

「すっかりはしゃいじゃって」

煌子は肩をすくめた。

晴明と煌子がゆっくりと邸へもどると、ちょうど僧侶や修験者たちも、お礼の品を受け取り、順次帰っていくところだった。

晴明もあらためてお祝いをのべて、丁寧に頭をさげる。

「これは晴明さま、本当にありがとうございました。どうぞこちらをお持ちくださいませ」

お礼の品をさしだしたのは、中将のそばで松明を持っていた家人だった。

「さきほど法師陰陽師の話をしておられましたか？」

「あ、はい。実は、法師陰陽師が、庭で前の奥方の怨霊が騒いでいると申したので、殿がいてもたってもおられず、探しに出られたのです」

「その法師陰陽師は？」

「もう帰ってしまいました」

「名は？」

「たしか、道満、と」

「道満……」

晴明の顔がくもる。

東の空が白む頃、牛車のここちよい揺れを感じながら、晴明と煌子は眠りについたのであった。

第六話　鞍馬の大天狗と式神

一

煌子が初めて怨霊に遭遇した夜から、三日間がすぎた。

このところ都では、雨で肌寒い日が続いている。

「どうした？　手習いにはもう飽きたのか？」

煌子が文机の前でぼんやりしていると、吉平が声をかけてきた。

「暦博士にならないにしても、きれいな字は書けた方がいいぞ。いくら煌子がかわいくても、恋文の字が汚いと台無しだからな」

「お兄様は恋文を書いたことってあるの？」

「もちろんさ。すべての恋は文通からはじまるのだよ」

吉平はニヤリと不敵な笑みをうかべて、煌子の隣に腰をおろす。

吉平はもともと美しい少年だが、最近、少し色気がでてきたと評判だ。

「だが煌子には恋の話よりもこちらかな?」

吉平がさしだしたのは、焼き栗だった。

「もう、すぐ子供扱いするんだから」

煌子は不満そうに言うが、もちろん受け取って皮をむきはじめる。

「うん、甘くて美味しい!」

「ふふ、それはよかった」

「お兄様、わたし、強くなりたいんだけど、どうしたらいいと思う?」

「強く?」

吉平は興味をそそられたようだ。

「うん。強くなりたいの。この前、怨霊に遭遇したんだけど、わたし、怖くて震えてるだけだった。天狗にさらわれそうになった時から全然進歩してない」

「いや、だって、おまえはまだ子供なんだから、当たり前だよ」

「子供なりに強い子になりたいのよ」

「うーん」

吉平は腕組みをして、首をかしげた。

「すまん、わからん！」

「吉平兄様に相談したわたしが間違ってたわ」

「うん。次回は恋文の書き方を相談してくれ」

吉平は気を悪くすることもなく、さわやかな笑顔で答えた。

次に煌子が相談をもちかけたのは、吉昌だった。

「強くなりたい？　強い妖狐になりたいってこと？」

「うん、吉昌兄様ならどうする？」

うーん、と、あごをつまんで、吉昌は考え込んだ。

こちらは吉平と対照的に、恋文にはまったく縁がなく、天文の専門書に埋もれて暮らしている少年である。

「天文のことを天文博士に尋ねるように、妖狐のことは葛の葉お祖母様にきくしかないんじゃないかな？」

「やっぱり葛の葉お祖母様かぁ。でも、天狗に襲われた日、信太森から迎えにきてくれたのを断って、ものすごく怒らせちゃったからな……」

「でも、他に妖狐のことをきける人もいないし、文をだして謝るしかないんじゃないかな」

「文……」

煌子は眉間に小さな皺をきゅっとよせて、しかめっ面をした。

たしかにそれ以外の方法はなさそうである。

「わかった。書いてみる」

「うん、頑張って」

「ところで吉昌兄様は恋文って書いたことあるの？」

「ないよ。私は天文学一筋だからね」

「えっ、じゃあ、憧れの女性もいないの？」

「いない……こともないけど……」

吉昌がはにかみながら答えたので、思わず煌子は身をのりだした。

「誰!?」

「天文博士の賀茂保憲さまには、それはそれは聡明なご息女がいらっしゃるそうなんだ。あらゆる陰陽道の書物を読みこなし、暦道にも天文道にもすぐれ、さらにすばらしい和歌を詠まれるというので、天文生たちの憧れの的なんだよ。もちろん外見もお美しいにちがいない」

もちろん会ったことも、見たこともないんだけどね、と、言う吉昌の頬は、赤く染まっている。

「ふーん？　よくわからないけど、お兄様も文をだしてみたら？」

「いやいや。かぐや姫に求婚した男たちがどうなったか煌子も知ってるだろう？　遠くからひそかに憧れているのが一番だよ」

「そういうもの？」

「うん。でも煌子は文をださないとだめだよ？　お祖母様はかぐや姫じゃないんだから」

「はい……」

煌子はこっくりとうなずいた。

吉昌にはげまされ、煌子は人生初の文を書きあげた。

先日の無礼を赦してほしいこと、強い妖狐になりたいことなどを、煌子なりに精一杯つづる。

書き上げた文は、吉昌が人づてに信太森へ届けるよう手配してくれた。

しかし、十日たち、二十日たち、ひと月たっても、葛の葉から返事はこなかったのである。

二

「やっぱり来ないなぁ」

庭にたまった落ち葉を簾ごしにながめて、煌子はため息をついた。

必ず返事がもらえると信じていたわけではない。

葛の葉が信太森へ帰っていった時のあの怒り心頭の様子を思えば、むしろ返事をもらえない可能性の方が高いと、覚悟はしていた。

それゆえ、返事を待ちつつも、晴明の仕事について行きながら、自主的に研鑽(けんさん)をつんでいたのだ。

耳で覚えた呪文を唱えたり、見よう見まねで、反閇を踏むというのもやってみた。

てのひらから小さな狐火をだすこともできるようになった。

早速、弱そうな妖怪に狐火をぶつけて、式神にしようとしたのだが、ジュッと音をたてて消えてしまう。

笏でペチペチ殴るのが手っ取り早いが、これはあまり効き目がないらしく、ちょっとした妖怪だと反撃してくるので、力加減がなかなかむずかしい。

ある日、晴明が河原で禊祓えをおこなっていると、枯れ草の間から、小さな白いイタチが顔をだした。

わずかに、妖気をおびている。

煌子が反射的にペチッと笏をふりおろすと、妙なことがおこった。

「イタタタタ、勘弁してください」

イタチが小さな前足で頭をおさえて、訴えていたのだ。

「おまえ、イタチなのに話せるの!?」

煌子は驚いて手をとめた。

「そちらこそ、おれの言葉がわかるんですね」

妖怪の方も驚いて、煌子を見上げる。

普通のイタチより尻尾が太く、ふさふさしているところがかわいらしい。

「なかなか愛嬌のある顔をしているな。わたしに従うと約束するなら助けてやってもいいぞ」

「従うって、あれですか、噂に聞く式神とやらになれってことですか？」

「うん、そう、それそれ、式神になれ！　そうしたらもう殴らないし、食べ物をわけてやる。焼き栗は好きか？」

煌子は自分で食べるつもりで懐に入れていた焼き栗を見せた。

「もしかしておれのこと、ただの話せるイタチだと思ってますか？　こう見えてもれっきとした妖怪ですよ」

そう言いながらも、小さな両手を焼き栗にのばし、皮ごとポリポリ食べ始める。

「そうか、イタチじゃないのか。では名前をつけてやろう。白くてふさふさしてるから、白丸でどうだ？」

「もっと賢そうな名前にしてください」

「賢そうな名前か。では菅原道真公にあやかって菅公にしよう。とても賢い人だったらしいぞ」

「ふーん、知らない人だけど、それでいいですよ」

「菅公の他にも、人間の言葉がわかる妖怪っているのか？」

「そこのカラスとか？」

栗の渋皮がついた鼻先を、近くの松の枝にとまっている黒平にむけた。

「あのカラスも妖怪なのか！　よし、あいつも式神にしてやる」

煌子は手近にあった小石をビュッと投げつける。

だが小石は黒平にかすりもしない。

「じゃあこれでどうだ」

煌子はてのひらに蒼白い小さな狐火をだすと、フッと吹いて、黒平めがけて飛ばしてきたのである。

黒平は意表をつかれて、あやうく逃げ遅れそうになるが、すんでのところで飛び立った。

「だめか……。道案内をさせたかったのに」

煌子はチッと舌打ちした。

「どこへ行きたいのだ、姫よ」

黒平は少し下の枝におりて尋ねる。

「わしは式神にはならぬが、条件次第で道案内をしてやってもよい」

どうせ黒平は、煌子の行く先々をついてまわらねばならぬのだ。

あやしまれることなくそばにいられて、ついでに謝礼をもらえるのなら悪くない。

「おまえも焼き栗がほしいのか？」

「わしは干し棗をもらおうか」

「甘い物が好きなの？」

「うむ。栗や柿も好物だが、今の季節、自分でとれる。しかし干し棗にはなかなかありつけぬからな」

「わかった。なんとかする」

「それで、どこへ行きたいのだ？」

「和泉国の信太森。わかる？」

「狐の森だな。カラスならひとっ飛びだが、のろまな牛車で行くと大変な時間がかかるぞ。おまえ、馬には乗れるのか？」

「乗れない。歩いて行く」

「歩く？　おまえがか？　やめておけ、やめておけ」

黒平はカカカッと大声で笑った。

だが煌子は大真面目だったのである。

三

数日後の夜。

以前、晴明が反閇を奉仕した邸に、いよいよ蔵人が妻子とともに引っ越すことになった。

約束通り、晴明は引っ越しに立ち会っている。

「本当にあめ色の牛なんだなぁ」

門のそばに止めた牛車の中から、煌子は引っ越しの様子をながめた。

寒い中、外で立っていて身体が冷えるといけないから、牛車で待っているように、と、晴明に言われたからだ。

蔵人と妻子は、それぞれの順番がくるまで邸に入れないので、ふるえながら門の外で待っている。

晴明の指示に従い、入居の儀式は順調にすすんでいく。

「ちょっと退屈……いやいや、いいことだよね、ふぁ……」

煌子があくびをかみころしていると、コツコツ、と、牛車の窓をたたく音がした。

窓をあけると、そこにいたのはカラスである。

「あれ、おまえ、この前のカラス？」

「本当に干し棗をくれるのか？」

「ああ、あげるよ！　ほら」

煌子は紙につつんだ干し棗を懐からとりだして見せた。

「よし。今から行けるか？」

「えっ、今から？」

煌子はちらりと引っ越しの様子をうかがった。

まだ当分終わりそうにないし、晴明も忙しそうだ。

「嫌ならいい」

「ううん、行く」

煌子はこっそり牛車から抜けだした。

吐く息が白い。

煌子は一瞬だけ寒風に首をすくめたが、カラスを肩にのせて、暗い夜道を歩きはじめた。

月のない空に、さえざえと星が輝いている。

「はい、干し棗」

歩きながら一個さしだすと、カラスはパクリと一口で食べた。

「美味しい？」

「悪くないな」

「じゃあわたしも」

煌子も干し棗を一個口に入れる。

「うん、美味しい」

「そういえばおまえ、松明がなくても平気なのか？」

カラスが首をかしげて尋ねる。

「うん。妖狐の孫だからね」

「それで信太森か」

「カラスこそ夜も見えるの？」

「昼ほどではないが、多少は見える」

「そうか。そこの柿の木に、まだ実が二個残ってるのは見える？」

「そのくらいは見える」

「食べないの？」

「今日は干し棗の気分だ」

「ふーん」

そんな話をしながら一刻ほど歩くと、すっかりさびれた場所にでた。

引っ越しがおこなわれていたのは大内裏からほど近い、貴族の邸宅がならぶ区域だったのだが、今やほとんど建物のない、うら寂しい場所である。

もちろん人通りなどまったくない。

「ねえ、カラス、本当にこっちの方角であってるの？　わたしたち北にむかってない？」

「気のせいだ」

「ううん、間違いない。だってあれ、天極(てんきょく)だもの。和泉国って都の西南だよね？」

煌子は頭上の星を指さした。

「そうか、おまえが陰陽師の娘だということを忘れていたな。クックックッ」

カラスはいきなり、人とも鳥ともつかぬ、奇妙な笑い声をあげた。

「えっ!?」

突然、カラスは黒い翼を大きく広げると、鋭い爪で煌子の両肩をつかんだ。

四

「先に言っておくが、落ちたら死ぬぞ」

カラスだったはずの妖怪は、いきなり大きくなり、力強く羽ばたくと、夜空に舞いあがった。

爪先にひっかけられた煌子の足も、あっという間に地面からはなれ、空中にうかぶ。

「えええええっ!?」

煌子は手足をバタバタ動かし、なんとか逃げだそうとした。

笏や干し棗、焼き栗などがバラバラと地面に落ち、ついには沓も脱げて落ちていくが、肩にくいこんだ爪ははずれない。

みるみるうちに、沓が豆粒のように小さくなっていく。

急上昇しているのだ。

煌子は右手に小さな狐火をだして、自分をつかむ爪にぶつけようとした。

「いくら妖狐の孫でも、この高さから落ちたら本当に死ぬぞ?」

冷ややかな、だがどこか面白がっているような声が耳もとでする。

「おまえ……この前の甘い物が好きなカラスじゃないな!?」

「今ごろ気がついたのか」

「何者だ!?」

「着けばわかる」

都からまっすぐ北にむかい、貴船神社（きふねじんじゃ）をこえる。

鬱蒼（うっそう）とした山奥に、突然、長い灯りの列があらわれた。

近づくにつれ、それが石段の両側にともされた灯りだとわかる。

一番上にある立派な建物の前で、煌子はおろされた。

「ここは……お寺？」

「昼は鞍馬寺。夜はおれたちの根城だ」

煌子の背後で声がする。

「そうだ、偽ガラス……え？」

煌子の背後に立っていたのは、人のような身体でありながら、黒く大きな翼をもつ妖怪だった。

「さすが首領！」

「見事なお手並みです！」

同じような姿の、黒い翼の者たちが、次々と煌子のまわりにおりたった。

修験者のような衣服を身につけ、大きな嘴をもつ。

煌子はもちろんこの妖怪たちをよく知っていた。

以前にもさらわれそうになったことがある。

「天狗ッ!!」

「ようやくわかったか。おれは鞍馬の大天狗、こやつらの総大将だ」

浅黒い肌。底知れぬ漆黒の闇のような瞳。つややかな黒の綾織物の衣。

そしてひときわ立派な、力強く黒い翼。

この大天狗だけは嘴を持たず、大陸から渡ってきた人間のようなすっきりと高い鼻が目立つ。

「てっ……天狗がわたしに何の用だ!?」

煌子は精一杯の虚勢をはって叫んだ。

「むろん、その妖気があふれでる身体を喰らい、血をすすり、我が力とするのだ」

大天狗が冷ややかに答えると、まわりの天狗たちも舌なめずりをした。

「なっ……」

煌子は言葉を失う。

「この柔らかそうな頬など、実に美味そうではないか」

大天狗が頬にさわろうとした瞬間、煌子は指先にガブッとかみついた。

「クッ」

大天狗は顔をしかめ、指を引き抜こうとするが、煌子も必死である。

大天狗は自由になる方の手で、煌子の頬を平手打ちした。

煌子の小さな身体はふっとび、石だたみの上をころがる。

「いた……」

煌子はたたかれた頬に手をあて、よろよろと起きあがった。

頬は赤くはれ、唇の端から一筋の血が流れている。

そして烏帽子が脱げてしまった頭からは長い黒髪がこぼれ、その中から、夜目にもあざやかな二つの白い三角の耳がひょっこりと顔をだしていた。

五

「おまえ、その姿……」

大天狗は目をみはった。

周囲の天狗たちからもざわめきがおこる。

「この耳がそんなに珍しいか」

煌子は大天狗の黒い瞳をにらみ返した。

「狐耳で何が悪い。わたしは妖狐の孫なのだから当然だろう」

口の端についた血をぬぐうと、凜とした声で言い放つ。

「耳はどうでもいい。いや、むしろ好ましい」

「じゃあ何だ」

「……おまえ、男の格好をしているが、姫だな」

「な、なんだと」

「その髪」

大天狗は顎に手をあてて、ニヤリと笑った。

黒い翼を広げ、左右から煌子をつつみこむ。

「こ、これは……おまえが強くたたいたから、髷がほどけてしまったのだ」

煌子は言い訳をするが、大天狗はあっさりと聞き流した。

「妖狐の姫よ、おれの嫁になれ」

「はあ!?　絶対に嫌!」

「それなら喰らうぞ」

「それも嫌!　側によらないで!」

煌子は狐火をだすと、次々に大天狗に投げつける。

だが大天狗はびくともしない。

「おまえなんかに、干し棗をやるんじゃなかった！　あれはわたしの夕餉の品だったのにっ！」

煌子は心底悔しそうに、顔をくしゃくしゃにして言った。

「ばかばかばか、干し棗を返せっ！」

大天狗はおもしろそうに煌子を見おろす。

「おまえはつくづくかわった姫だな。本当にあの晴明の娘か？」

「あたりまえだっ！」

怒りに燃えると、煌子の三角の耳はピンと立ち、瞳は金色に輝く。

「ふーむ、これはなかなかの稀少種だったな」

「どうします？　首領」

「そこの大木にしばりつけておけ。丸三日も放っておけば、おとなしくなるだろう」

「はっ」

天狗たちは手際よく煌子を大木にしばりつけると、宴会を始めた。

煌子は最初、「何をする、この偽ガラスめ！」「よくもだましたな！」などと威勢のいい罵詈雑言を並べていたのだが、次第に心細くなったのだろう。

「助けてお父様」「こんなところで死にたくない……」と、半ベソをかきはじめた。

六

夜が明け、昼となり、ふたたび山が夕闇につつまれた頃。

煌子が泣き疲れてうとうとしていると、石段の下の方から、ギャアギャア騒ぐ声が聞こえてきた。

目をあけると、天狗たちが続々と石段の下へ飛んでいくのが見える。

「大丈夫か、煌子」

よく知る声が、背後から聞こえてきた。

晴明である。

木立にまぎれて登ってきたらしい。

「下の騒ぎは?」

「吉平と吉昌だ」

晴明は煌子の縄を手早くほどいた。

「よくここがわかりましたね、さすがお父様！」

煌子はぎゅっと晴明に抱きつく。

「おまえの式神のおかげだ」

「えっ？」

晴明の懐から、白いモコモコしたものがでてきた。

「イタチ、じゃなくて菅公！」

「この子がおまえの危険を知らせてくれたんだよ」

菅公はもともと煌子の懐に入っていたのだが、煌子が大天狗に肩をつかまれ、とびあがった時に、焼き栗などと一緒に地面にこぼれ落ちたのだ。

「占いで、捜し人は北にいる、と、でたので、北へむかいながら煌子を捜していたら、道ばたでこの式神が一心不乱に焼き栗を食べていたんだ。聞けば煌子が大天狗に連れ去られたというではないか。天狗といえば都の北にある鞍馬山だ」

「それでここへ。助かったぞ、菅公」

「式神契約しちゃいましたからね。焼き栗ももらったし。姫が生きている間、式神契約は守りますよ」

菅公は得意げに、小さな桜色の鼻をうごめかした。

ただ焼き栗に夢中になっていただけなのだが、そこは棚にあげたようだ。

「おまえは本当に偉いね。帰ったらたんと焼き栗をあげるよ」

煌子は菅公に頬ずりした。

「まずはおまえが食べなさい」

晴明がかたい飯を握った屯食と水を煌子にさしだす。

煌子は丸一日飲まず食わずだったので、ガツガツと頬張った。

「落ち着きなさい。そんなに慌てて食べると喉につまる」

「はい」

一応うなずくが、食べる速度は落とさない。

屯食をぺろりと平らげると、煌子はかなり元気を取り戻した。

妖狐の血筋のせいか、蹴鞠で鍛えたせいか、もともと体力はなみはずれているのだ。

「それにしてもあのカラスに化けていた大天狗ときたら、信太森へ案内してくれるって言うから干し棗をやったのに。こんなところに連れてくるなんて、嘘つきの恩知らずめ」

「干し棗を大天狗が食べたのか？」

晴明はかるく目をみはった。

「うん」

「それは、ことによると……いや、どうかな」

「え？」

「行ってみよう。そろそろ吉平と吉昌の手にはおえなくなっているだろうし」

「はい」

晴明と煌子は石段をかけおりた。

七

吉平と吉昌は一心不乱に呪文を唱え、天狗たちから身を守っていた。

いつも天文の書物と星ばかり見ているおとなしい吉昌はもちろん、仕事より和歌や楽器、そして何より女性との恋のかけひきを好む吉平までが、決然として天狗たちにたちむかう姿に、煌子は驚く。

実は兄たちも、いつまた何がおこるかわからないと予想し、呪文や呪符を使いこなせるよう、ひそかに訓練を続けていたのである。

二人にちょっかいをだし、面白がっているのは、雑魚天狗たちのようだ。

大天狗は石段に腰をおろし、高みの見物を決め込んでいる。

「こいつら意外と粘りますね」

「もう十分楽しんだだろう。そろそろ楽にしてやれ」

「おう」

天狗たちが一斉に二人を攻撃しようとした時。

「待て、大天狗」

晴明が静かだが力強い声で言った。

いつのまにか全身から白い光がわきだしている。

「おまえは我が娘より干し棗をもらい、食べたそうだな」

「ああ？　だから何だ？」

「式神契約だ」

「はあ？　シキガミ？　寝言は寝て言え」

晴明に目でうながされ、煌子はうなずいた。

「我が式神、鞍馬山の大天狗に命じる。その二人の人間を守れ」

「ウッ!?」

大天狗の身体がビクッと震えた。

「ア……ッ」

大天狗の右手が、懐から立派な羽団扇をとりだす。

「去れ」

手下の天狗たちにむかって軽くひとふりした。

するといきなり暴風が山頂からかけおりてきて、手下の天狗たちを吹き飛ばしてしまったのである。

「……おれは、何を……？」

大天狗は呆然として、自分の右手を見おろした。

吉平と吉昌もあっけにとられている。

「ご苦労さま」

煌子は大天狗の肩をポンポンとたたく。

「どういうことだ？」

「この前の賢いカラスのように、自分は式神にはならないが、干し棗をくれるなら道案内してもいい、って、食べる前にきちんと宣言しなきゃいけなかったのよ」

「なに!?」

「ついでに血判（けっぱん）ももらったし」

煌子は、自分の口の端についた乾いた血液を指さした。

「おまえが嚙みついたんじゃないか！」

「まずは名前をつけないとね。翼も髪も、とても美しい黒だから、黒ま……」

黒丸と言いかけて、煌子は、コホン、と、せきばらいをした。

「黒、黒、うーん、カラスの濡羽色（ぬればいろ）、いや、射干玉（ぬばたま）、漆黒、暗黒、常闇。そうだ、常闇にしよう。永遠に終わらない闇なんて、強くてかっこいい名前だぞ」

「勝手に決めるな」

「ふふふ、よかったわね、常闇。わたしの夫にはなれずとも、式神になれば、毎日会えるわよ」

「それならまあ……いや、そうじゃない」

あやうく受け入れかけて、慌てて常闇は首を横にふる。

「この羽団扇、なかなか便利そうだし、もらっておこうかな。今度使い方を教えて」

「何をする」

煌子に羽団扇をとられて、常闇は奪い返そうとする。

「渡せって命じてほしい？」

「……貸すだけだ。返せよ」

「いつかね」

煌子もこの時ばかりは、ご機嫌でころころと笑ったのだった。

黒平の話に、黒佑は首をかしげた。

「黒平どのは姫が大天狗にさらわれたのに気づかなかったのか？」

「むろん、一部始終を見ておったよ」

「止めなかったのか？」

「止める？　大天狗をか？」

「……無理か」

「無理じゃ。我らはしょせん、ただ人間の言葉を話せるだけのカラスで、姫に何がおこったのか、葛の葉さまに報告するのが役目。それ以上のことをしようとすると寿命を縮めるぞ。肝に銘じよ」

「わかった」

黒佑は神妙な面持ちで、カア、と、うなずく。

「それで、姫は結局、葛の葉さまと会えたのか？」

「ああ、その件か。いくら姫が葛の葉さまにせっせと文をつかわしても、いっこうに返事がない。それもそのはず、葛の葉さまは文字が書けないのだからな」

「……なるほど。道理だな」

「うむ。結局、姫が裳着の式をあげるという名目をつけて、ようやく都まで来てもらえたのだ。女子の裳着と言えば、男子の元服に相当する大切な節目の儀式。さすがの葛の葉さまもすねている場合ではないからな。とはいえわしが何度も信太森へ往復することになって、本当にあの時は大変であった……」

珍しく黒平は、遠くを見るような目をした。

八

十二歳の時、干し柿を食べながら、煌子が突然言いだした。

「裳着の式とかいうのをやってほしいの」

「裳着の式というのが何なのか、ちゃんとわかって言ってるのですか？」

宣子に問われて、煌子は大きくうなずいた。

「わかってるわよ。女の子にとっての元服の式みたいなもので、大人用の裳っていう服を着て、親族一同をお招きして盛大な宴会を開くんでしょう？」

「間違ってはいないけど、正しくもないわね」

裳着の式というのは、娘が結婚適齢期になったので花婿を募集します、という意味でのお披露目なのである。

公卿の娘だと、親が決めた結婚の直前に、形式的に裳着の式をおこなうことが多い。

いずれにせよ結婚にむけての儀式である。

「わたし、どうしても葛の葉お祖母様に会いたいの。ねぇ、お願い。お兄様たちだって元服の式をやってもらったし、わたしも裳着の式をやって！」

「なるほど、そういうことか」

晴明と宣子はようやく合点がいって、うなずきあった。

「たしかに一生に一度の裳着の式は、母上をおよびして和解する絶好の口実にはなる。とはいえ、はたして来てくださるかどうか……」

「いいんじゃないですか？　父上が天文博士に任じられたお祝いの宴席も兼ねて」

吉平の言葉に、宣子ははっとする。

この年、晴明はついに天文博士となったのだ。

「なるほど。とはいえ、裳着の式をやるとなると大変ですよ。調度品をととのえて、装束一式をあつらえて、お客様の御膳を用意して。いえそれはわたくしが何とかしますけど、そもそも、腰結いをどなたにお願いするのですか？　裳の腰結いをしないことには、裳着の式が成立しませんわ」

「来てくれるかどうかわからない母上にお願いするのは不安だし、かといって、私の父も養父ももう亡くなっているからな」

「となると、陰陽寮の上役の方にお願いできますか？　娘がいること自体、これまで黙っていたので、急なお願いになりますけど」

「賀茂保憲さまなら、頼めば引き受けてはくださるだろうが、いかんせん、一昨年、煌子が男子の格好をして陰陽寮に行った時、顔を見られているからな。陰陽博士の文道光さまに頼むか……うーん……」

「それよりも父上、耳はどうするんですか？　男装だと冠や烏帽子で耳を隠せますけど、女装だとそうはいきませんよ」

吉平の指摘に、晴明と宣子は頭をかかえた。

「髪上げ問題がありました……」

「適当な理由をつけて、腰結い以外は省略するしかないか」

しかし結局、一人娘の「お願い、何とかして」攻撃に負けて、二人は何とかしてやることにしたのだった。

それは半年がかりの大仕事となった。

まずは晴明が裳着の式のために吉日を選び、保憲をはじめとする客人たちへの連絡をおこなう。

もちろん葛の葉にも丁重な文をしたためる。

吉平と吉昌も、ふだんは塗籠にしまってある良い調度品を運びだして、きれいにみがきあげ、さらに庭の雑草もすべてぬいた。

煌子自身も、家族全員の装束に香をたきしめたり、御膳の準備を手伝ったり、大忙しだ。

とはいえ、裳着の式のために一番頑張ったのは、なんといっても母の宣子だった。はなやかな正装の装束一式を縫うことからはじまり、当日の煌子の着付けまで、最重要な任務を担当したのである。狐耳がばれないよう、頭上二髻という、お団子を二個結う古風な髪型に結ったのも宣子だ。

要するに、耳のまわりに髪をぐるぐる巻きつけて見えなくし、絶対にほどけないように、かんざしや髪飾りできつく固定したのである。

さらに、賀茂家の三人に、以前陰陽寮で会った男子と同一人物だとばれないよう、かなり派手に化粧を塗った。

色白な顔を白粉でさらに白く塗り、眉毛はすべて抜いて額に眉墨で描く。

口紅と頰紅も濃くさして、もはやもとの顔がわからないくらいに大人っぽく仕上げたのだ。

「すごい！　よく化けたな！　煌子じゃないみたいだ……」

「そうやっておしとやかにしていると、本物のかぐや姫みたいだよ」

兄たちも驚いて、あっけにとられる。

祝いの席にふさわしい松重の色目の装束が、煌子の美しさをきわだたせていた。

「しとやかにしているのは、装束が重すぎて動けないからよ……」

「裳着の式をやりたいって言いだしたのは自分なんだから、我慢なさい。声もなるべく出してはだめですよ」

「はい」

なんとか定刻までに準備万端整えたのだが、かんじんの葛の葉があらわれない。

やはり来てくれないのだろうかと、煌子たちはやきもきする。

しかし賀茂保憲と光栄、光国たちをはじめ、招待客がそろってしまっては、始めるしかない。

「なんと美しいご息女だ」

保憲は本心からの讃辞をおくると、にこにこしながら裳の帯を結ってくれた。

その後はなごやかな祝宴になる。

「そういえば、以前、陰陽寮に見学に来た甥がいたね？　名前は吉煌だったかな？」

保憲が言うと、光栄と光国もサッと晴明の方をむいた。

「あ、はい。その節はありがとうございました」

「彼は今日はまだ来ていないようだね」

保憲はもちろん、光栄と光国もあたりを見回している。

よほど吉煌と名乗った少年に会いたかったのだろう。

「物忌みで来られぬと申しておりました」

晴明があらかじめ考えてあった言い訳をすると、三人とも、あからさまにがっかりした表情になる。

「そうか、それは残念だね。その後、陰陽道の勉強は続けているのかな？」

「今度聞いておきます」

「うん」

「そういえば保憲さまにもご息女がおられますよね？」

晴明はなんとか話題をかえようとした。

「ああ、うちのは漢籍が好きなかわった娘でね。他が男兄弟三人だから、どうも娘らしさに欠けるというか……」

「漢籍を好まれるとは、さすが賀茂家のご息女ですね。和歌も素晴らしいと聞きました」

吉昌の言葉は、お世辞ではなく、本心からの賞賛である。

保憲の娘にずっと憧れているのだ。

吉昌はあわよくば文の取り次ぎなど、間をとりもってほしかったのだが、

「うちの妹だけはやめておいた方がいいぞ。和歌を酷評されて号泣した男が何人もいる」

「え……」

光栄から真顔で止められると、おとなしい吉昌はそれ以上、何も言えなかった。

いろいろありつつも、安倍家はなんとか総力をあげて、最初で最後の裳着の式と祝宴を乗り切ったのである。

夜もふけて、客人たちをすべて送りだした後、煌子は床の上に大の字になって寝そ

べった。

「つ……疲れた……」

「これ、煌子、せっかくの装束が皺になるから、せめて着替えなさい」

「わかってるけど……葛の葉お祖母様が来てくださらなかったから、疲れも倍に感じてしまって……」

「わらわならおるぞ」

「えっ!?」

聞き覚えのある声に、慌てて煌子は身体をおこした。

庭から吹きこんできた突風とともに、葛の葉は姿をあらわす。

「お祖母様!?」

「裳着の式の様子はずっとカラスの目を通して見ておった」

「そんなことができるなんて、さすがお祖母様……」

「そなたは人間の女として生きることに決めたのだね？」

「違います。逆です」

「なに？」

「わたし、お祖母様のような最強の妖狐になりたいの！」

「は？」

煌子は葛の葉の両手をぎゅっと握りしめた。

「お祖母様が心配しておられるように、わたしの正体がばれたら、妖怪からも人間からもねらわれて、家族を危険にまきこんでしまう。だけどわたしが最強の妖狐になれば、誰もわたしに手出しできなくなる。陰陽師の仕事だって手伝えるわ。お願い、天狗も鬼も片っ端からなぎはらえるくらい強い妖狐になる方法を教えて！」

煌子のとほうもない野望に、葛の葉はあきれて言葉を失ったのであった。


一晩かけて煌子に頼み込まれ、葛の葉はいいかげん根負けしたのだろう。

「祖父母が孫を育てると、どうしても甘くなってしまうもの。わらわのかわりの者をよこそう」と約束してから帰っていった。

十日ほどして、信太森から、氷輪（ひょうりん）の君という若い妖狐の女性が安倍家を訪ねてきた。

「ひょうりん？　どういう意味ですか？」

「月のことよ。燃えたぎる太陽に対して、凍てつく月だから、氷輪」

氷輪の君はにこりと笑う。

くっきりした目鼻立ちの氷輪の君は、西方から来た人のように彫りの深い顔立ちで、大きな瞳に高い鼻をしている。

「あたしは厳しいけど、ついてこられるかしら？」

「はい！」

煌子は元気よく答えた。


「氷輪の君は一年ばかり晴明の邸に逗留し、妖力の使い方や、狐火の制御のし方、さらには耳や尻尾をかくして完全な人間に化ける方法などを姫に伝授した。そのおかげで姫はめきめきと腕をあげ、鞍馬山の大天狗の他にも多くの式神を従えるようになり、いつの間にか、京の都の妖怪たちから、白狐姫として恐れられる存在になっていたのだ」

黒平はしみじみと語った。

「そして今にいたる、というわけですか。ところで、まだ武者がでてきておらぬのですが？」

「ああ、渡辺綱（わたなべのつな）か。あれが姫に仕えるようになったのは、もっと後じゃ」

黒平はふたたび語りはじめた。

「そう、あれは姫が十五歳の頃だったか……」

第七話　五節の舞姫と酒呑童子

一

蒸し暑く寝苦しい夜のこと。

煌子はこっそり邸を抜けだした。

牛車を動かしているのは式神たちである。

「今夜は東洞院通（ひがしのとういんどおり）に行ってちょうだい」

煌子が命じると、牛車はするすると動きだした。

途中の一条戻橋（いちじょうもどりばし）で常闇をひろう。

大天狗が邸内にいるのを宣子が嫌がるので、ふだんはカラスの姿で橋の欄干にとまっているか、橋の下で眠っているかだ。

「東洞院通というと、夜な夜な片輪車がでると評判だな」

牛車に同乗した常闇の言葉に、煌子はうなずく。

「吉平兄様によると、お父様は明日、東洞院通にあるお邸への引っ越しに立ち会うことになったんですって。引っ越しは必ず夜の決まった時間におこなわないといけないから、片輪車に邪魔されないようにしないと」

「あいかわらずお父様が大好きなんだな」

「当たり前じゃない」

常闇は皮肉をこめたつもりだったのだが、煌子にはまったく通じない。

東洞院通に出ると、この暑いのに、貴族の邸宅から庶民の小屋(こいえ)まで、ありとあらゆる家屋で戸をぴったりと閉めきっていた。

もちろん人通りはまったくない。

「片輪車がでるという噂はかなりひろがっているようだな」

「思いっきり暴れられて好都合だわ」

煌子はにっこりとほほえむ。

「毎晩通りを下から上っていくっていう話だから、追いかけて」

牛飼童をつとめる式神は、無言でうなずく。

しばらくすると、前方に、あかあかと燃えさかる炎が見えてきた。

「あれかしら」

煌子は窓をあけて、炎に牛車を近寄らせる。

片輪車は、その名の通り、本来二つあるはずの車輪が片方しかない牛車だ。

牛車全体が燃えさかる炎に包まれており、屋形にかけられた簾は燃えてしまったのか、中に乗っている女性の姿が見える。

牛がつながれていないのに、なぜか倒れることもなく、ゆるゆると進んでいく。

「怨霊のような妖怪のような……」

煌子のつぶやきが聞こえたのか、片輪車はピタリと動きを止めた。

ぐるりと方向転換して、煌子たちの牛車にむかってくる。

「よし、いくぞ」

煌子も簾をあげ、牛車の外に出て応戦するつもりだった。

ところがその時、ひづめの音も高らかに、猛烈な勢いで単身かけこんできた武者がいたのだ。

「その牛車、危ない！　ひかれよ！」

「え？」

煌子がとまどっていると、武者は片輪車にむかって矢を射かけはじめた。

なかなかの命中率だが、いかんせん木の矢なので、あたってもすべて燃えてしまう。

しかし武者はひるむことなく、果敢にも刀をふりかざして、片輪車につっこんでいった。

牛車の中にいる女性へ、馬上から斬りつける。

「おおっ」

煌子は思わず身を乗りだした。

しかし斬っても斬っても、燃える女はびくともしない。

二

「なぜだ!?」

武者の顔に焦りが見える。

「どういうこと？」

煌子は常闇に尋ねた。

「あの燃える女はどう見ても霊体だ。実体のないものを刀で斬れるはずがない」

常闇は冷ややかに肩をすくめる。

「でも噂では、あの車輪で子供をひき裂いたとかなんとか？」

「ならば、車輪が本体なのだろう」

「なるほどね」

煌子は牛車から上半身をのりだす。

「その妖怪の本体は車輪です！　車輪を斬ってください！」

「わかった！」

武者は煌子の言葉にうなずくと、車輪にむかって斬りつけようとした。

しかし、片輪車は器用に方向転換して、ふたたび煌子めざしてつっこんでくる。

「どうやら出番みたい」

煌子はにこりと笑うと、ひらりと跳び上がり、牛の背にすっくと立った。

涼やかな紗（しゃ）の袿が風をうけてはためく。

十歳を過ぎた頃からのばしはじめた髪は、ようやく腰に届く程度だが、煌子が「ハッ」と気合いを入れた瞬間、白銀に変じ、倍の長さになった。

三角の耳と、ふさふさの尻尾もあらわれる。

氷輪の君の特訓で、白狐本来の姿に変化できるようになったのだ。

と言っても、まだまだ子供なので、尻尾は一本だけなのだが。

「片輪車よ、わがもとにくだれ！　さすれば命まではとらぬ」

黄金色の瞳はらんらんと輝く。

しかし片輪車は真っ直ぐ煌子めがけてつっこんでくる。

「やはり言葉は通じぬか。ならば遠慮無くいくぞ」

煌子は大天狗の羽団扇を構えた。

「去れ！」

ザッと勢いよくふりおろす。

まるでつむじ風のような強風が、通りをかけあがってきた。

そして片輪車ははるかかなたに吹き飛ばされる、はずだったのだが。

「あれっ？」

吹き飛ばない。

それどころか、むしろ炎の勢いが増している。

「火をおこしてどうする！」

常闇が煌子を抱きかかえ、空中に飛び上がった。

「いや、まさか、こう来るとは」

煌子が下を見ると、燃えさかる片輪車の女と目があった。

女の口がニパッと左右に大きく開く。

「う？」

次の瞬間、片輪車が空中の煌子たちをめざして飛び上がってきた。

「どういうこと!?」

「知るか！」

常闇は全速力で飛翔するが、片輪車もぴたりとついてくる。

なまじっか空中だと身を隠すところがないので、ひたすら逃げ続けるしかない。

「狐火を打て！」

「そ、そうか」

煌子は右手から狐火をだして、片輪車めがけて投げつけた。

しかし双方が風の中を高速で飛翔しているため、まったくあたらない。

「むっ!?」

煌子は次から次へと狐火をはなつが、完全に無駄打ちである。

それどころか常闇の翼をこがす始末だ。

「おい！　ちゃんと狙ってるのか!?」

「そう言われても……」

その時、月光をあびてキラリと光る水面が煌子の目に入った。

「風がだめなら水よ！　あの池に飛びこんで！」

「しっかりつかまってろよ」

常闇は急降下すると、眼下にひろがる大きな池にザバッとつっこみ、すぐに急上昇した。

後を追ってきた片輪車も、勢いよく池につっこむ。

しかし片輪車は勢いがつきすぎて、水底にぶつかり、大破した。

ジュワッと音をたてて炎が消える。

上空から片輪車の最期を確認し、煌子はほっとして力を抜く。

「ああ、びっくりした……。大天狗の羽団扇が通じない妖怪もいるのね」

「当たり前だろう。調子にのりすぎだ」

「ごめん、気をつける」

しおらしく頭をさげる煌子の髪は、いつのまにか黒にもどっていた。

「反省するから、このまま邸まで連れて帰ってくれない？　干し棗を五個おまけにつけるわ」

「仕方ないな」

常闇はあきれ顔をしながらも、煌子を抱え直し、晴明の邸まで飛んだのであった。

三

びしょ濡れで帰った煌子は、当然のように両親に見つかってしまった。

いつもなら忍び足でこっそり自分の寝所にもどり、何食わぬ顔をして翌朝まで眠るのだが、いかんせん、何枚も重ね着した衣服や長い黒髪から、ピチョン、ポトン、ズルズルという音がするのは、ごまかしようがなかったのである。

「いったいどうしたのです、こんなにビショビショになって」

「いや、その、ちょっと鴨川まで涼みに……」

「嘘おっしゃい！」

　一刀両断である。

　こんな時の宣子はおそろしく怖い。

「着替えたら、ちょっとここに座りなさい。話がある」

　静かに激怒している晴明は、宣子以上に怖い。

「失敗したなぁ」

　煌子がわざとのろのろ着替えながらため息をついていると、こんな夜更けなのに、急ぎの使者が晴明を訪ねてきた。

「怪異です！　関白さまのお邸の池に、天より、あやしい牛車の燃えかすらしきものが墜落しました。これはいかなる兆しか、急ぎ勘申せよとのことです」

「……関白さまのお邸といえば、堀河殿か。なぜそんなところに……？」

　晴明は煌子がかくれている塗籠の方をちらりと見て、思わず額に手をあてた。

「わかりました。急いでまいるとお伝えください」

　使者を返すと、晴明は煌子に声をかけた。

「後できちんと説明しなさい」

「ごめんなさい、お父様、関白さまのお邸だとは思わなかったの！」

妻戸(つまど)をあけてとびだしてくると、煌子は晴明に一所懸命、謝った。

「まあ、おまえが無事でよかった」

晴明は煌子の濡れた頭を優しくなでる。

「というわけで、行ってくるよ」

晴明が振り返ると、宣子はすでに着替えを用意して待っていた。

「そうなると思っておりました」

こんな真夜中に使者が来た時点で、急な呼びだしだと宣子は察していたのだ。

宣子が晴明の着替えを手伝っている間に、煌子はそっと寝所にひっこむ。

菅公が、タタタ、と、煌子のもとへかけよってきて、肩にとびのった。

菅公は見た目が愛らしいので、邸への出入りを特別に許されているのだ。

「東洞院通から牛車が戻って来ましたよ」

「そうか、ありがとう」

煌子はすっかり忘れていたが、晴明の牛車を、牛飼童にばけた式神が連れ帰ってくれたらしい。

「それで牛は無事だった？」

煌子が牛車の様子を見に行く前に、宣子の悲鳴がこだました。

「牛も屋形もススで真っ黒じゃないの！　いったい何をしたのです！」

「お急ぎだし、今夜のところは馬で行こう」

晴明は苦笑いででかけていく。

「……牛は生きてるんだよね？」

煌子は小声で菅公に尋ねた。

「汚れているだけで無傷です」

「そう、よかった」

煌子はほっとして、冷や汗をぬぐう。

「よくありません！　あれでは明日の朝、使えないではありませんか！」

「あー……みんなで牛車をきれいにしておいて。特別に瓜を五個追加するから」

「しかたないですねぇ」

菅公は小さなふさふさの尻尾をゆらしながら、牛小屋の方へ走っていった。

四

翌日の昼下がり。

蟬(せみ)しぐれの中、渡辺綱と名乗る若い武者が、晴明の邸を訪ねてきた。

源(みなもとの)頼光(よりみつ)の家臣だという。

がっちりとした大柄な男で、顔は浅黒く陽焼けしている。

武官用の装束に、腰には太刀(たち)をはき、弓矢を背負うという、ものものしくも華麗な姿だ。

「昨夜、東洞院通にて、こちらの牛車に乗っておられた姫君に命を救っていただいたので、ひと言、お礼を申し上げたく参上しました。ぜひお取り次ぎ願いたい」

門の前で大声をはりあげているのが、邸の奥にいた煌子の耳にまで届いた。

片輪車に斬りかかった武者のことなどすっかり忘れていたのだが、無事に生き延びたようだ。

「こちらはかの有名な陰陽師、安倍晴明さまのお邸とのこと。ご息女のあの尋常ならざる強さも道理でござる。感謝してもしつくせませぬ」

応対した晴明に対し、綱は深々と頭をさげる。

「何のことやら、まったく心当たりがありません。よその牛車と見間違われたのではありませんか？」

晴明はそらとぼけた。

親としては、娘が深夜に牛車で妖怪退治にでかけたことなど認めるわけにはいかない。

「いえ、牛車がこちらの邸に入っていくのを、この目で確認しました」

綱は煌子が置き去りにした牛車の後を、ずっとつけてきたようだ。

几帳のかげでこっそり耳をそばだてていた煌子は、しまった、助けるんじゃなかった、と後悔したが、もう遅い。

「それに何より、こちらの姫君はたいそう美しいとの評判です。やはり昨夜の姫に間違いありません」

「む」

そこまでほめられると晴明も悪い気はしない。

「まあ、何かの間違いかとは思いますが、一応、娘には伝えておきましょう」

つい中途半端な答えになってしまう。

「ありがとうございます」

綱は何度も礼を言うと、ようやく帰っていった。

「何か煌子あての文や歌を渡されませんでしたか？」

晴明に尋ねたのは、やはり簾ごしに様子をうかがっていた宣子だ。

「そんなものはない。おまえはいったい何を期待しているのだ」

「だって、なかなかの男前でしたし……」

宣子はちょっと残念そうに言った。

五

虫たちがさやかな合奏をする夜ふけのこと。

若い貴族が、晴明を訪ねてきた。

以前、晴明が引っ越しの相談にものった蔵人だ。

わざわざ本人が直接来るというのは、よほどの事態である。

「晴明、大変なのだ。まろの妹がさらわれてしまったのだ」

真っ青な顔で牛車からおりてくるなり、いきなり用件に入った。

「さらわれた、とは？」

「今夜、父の邸で、管弦の催しがあったので、まろが笙を、御簾をはさんで、妹が和琴をひいていた。ところが急に和琴の音が聞こえなくなったので、どうした？と声をかけても返事がない。不審に思い、御簾をあげてみたら、妹の姿が消えていたのだ。おそらくあれだ、最近、美しい姫ばかりが次々に姿を消しているという。そなたも噂は聞いておろう？」

「はい。おそらくは盗賊団の仕業ではないかと、検非違使たちが必死で捜索していると聞いておりますが」

「心配でいてもたってもおれぬ。今すぐ占ってくれ。そもそも本当に盗賊の仕業であろうか？」

「わかりました」

直接、邸までおしかけてきた蔵人の気迫におされて、晴明は承知した。

「本日の干支(かんし)は……」

晴明は六任式盤をとりだし、占いはじめる。

「これは……」

晴明の端整な横顔がくもった。

「どうじゃ、やはり、盗賊なのか？」

「鬼の仕業、と、でました」

「お、鬼!?」

蔵人は今にも卒倒しそうだ。

人間に危害を加える鬼は珍しくない。

しかも鬼に襲われた人間は、その場で喰い殺されるものと相場が決まっているのだ。

「ま、まさか、妹はもう……!?」

「捜し人は北の方角にいる、と、占いででました。まだ生きておいでです」

「そ、そうか。しかし北の鬼とは？　鞍馬山は天狗だが」

「あまりに手がかりが少ないので推測の域をでませんが、大江山(おおえやま)の酒呑童子(しゅてんどうじ)あたりかと」

「酒呑童子……!?　わかった。今すぐ帝に奏上して、討伐隊をだすようお願いしよう。感謝するぞ、晴明」

蔵人は来た時と同じように、バタバタと帰っていった。

蔵人が帰った後、子供たちが晴明のまわりに集まった。

「美しい姫君ばかり選んでさらっていくとは、実に赦しがたいな」

吉平は苦虫をかみつぶしたような顔で言う。

「なぜわたしだけさらわれないのかしら。なんだか気分が悪いわ」

煌子は頰をプッとふくらませた。

「裳着をすませた娘たるもの、たとえ親兄弟の前でも簾や几帳で姿を隠さねばならぬところを、そうやってすぐ顔を出すつつしみのなさが鬼にもあきれられているのですよ。せめて扇で顔をかくしなさい」

宣子は手厳しい。

「まあまあ。今や父上は都で知らぬ者のない陰陽師です。さすがの鬼も、安倍晴明の邸には手を出せないのではありませんか？　葛の葉お祖母様がはってくださった結界もありますし」

温厚な吉昌がとりなしてくれる。

たしかに晴明は最強の陰陽師として、その名を広く知られるようになっていた。

半分は煌子の暗躍のおかげだったが。

「しかしうちのおてんば姫が無事なのはありがたいことだよ。蔵人さまの妹君も、無事に助け出されるとよいのだが」

晴明のこの言葉には、みな同意したのであった。

六

翌朝。

晴明がいつものように陰陽寮で仕事をしていると、保憲によびだされた。

この前年、保憲は従四位下（じゅしいげ）の公卿へと昇進している。

陰陽寮出身の官人としては、初の快挙だ。

「晴明、貴族の美しい姫君たちをさらっているのは鬼だと占ったそうだな」

「はい。何か問題がありましたか？」

「大ありだ。いや、占いの結果そのものは間違っていない。私の占いでも、同じように鬼とでた」

「そうでしたか」

「しかし、鬼の仕業だという噂があっという間に内裏をかけめぐった結果、五節の舞姫のなり手がいなくなってしまった。内定していた四人の姫たち全員が、今朝、辞退を申し出てきたそうだ」

五節の舞姫というのは、新嘗祭の翌日ひらかれる豊明節会という饗宴において、帝の御前で五節舞を披露するという、大変重要な役である。

毎年、この舞姫に選ばれるのは、美しい未婚の姫たちと決まっているので、帝も公卿たちもとても楽しみにしているのだ。

「全員ですか!?」

「当然だろう。美しい姫だという評判がたつと鬼にさらわれるとあっては、辞退せぬほうがどうかしている」

「たしかに……」

「しかし五節の舞姫がいなくては、豊明節会がひらけない。なんとか二人は確保したそうだが、どうしてもあとの二人が決まらないので、責任を取って、陰陽寮から二人だせとの蔵人頭(くろうどのとう)からのお達しだ。というわけで、あとの二人は、おまえの娘と、うちの娘に決まったぞ」

晴明は驚きのあまり、笏をポロリと落とした。

「今、何と!? うちの娘が五節の舞姫ですか!? 娘は舞の心得などまったくありません。無理です」

「うちの娘とて同じだ。しかし状況が状況なだけに、舞が得意な親戚の娘にかわってもらうこともできぬ。とんだとばっちりだよ」

「それは申し訳ありません……」

「いいか、伝えたからな」

保憲は念を押すように強く言って、立ち去った。

晴明は帰宅すると、早速、宣子と煌子をよんで、五節の舞姫の件を伝えた。

「煌子が五節の舞姫に!? ほ、本当ですか!?」

珍しく宣子はうろたえて、大声をあげた。

「ど、どうしましょう。うちのがさつで乱暴な娘が、よりによって五節の舞姫なんて、つとまるはずがありません」

「私もそう思うが、断れそうにない。幸い今年は事情が事情だから、舞の質は問われないだろう」

「陰陽寮はその話題でもちきりですよ。保憲さまのご息女のあでやかな舞姿を想像しただけで、うっとりします」

吉昌はすっかり頬がゆるんでいる。

「しかし問題は煌子だろう。どうするんだ？」

吉平の問いに、煌子はにっこりと笑う。

「やるわよ、もちろん。この美しいわたしをさらわなかった鬼たちに、ほえづらかかせてやるわ」

煌子は高らかに宣言した。

「宮中に鬼があらわれるかもしれないんだぞ？　相手が盗賊なら警備のしようもあるが、鬼に対して、反閇や呪符もどのくらい効き目があるか」

「大丈夫よ、お兄様。わたし、すごく強いから。いざとなったら式神たちだっているし」

「人前で式神をよぶなんて、もってのほかです！」

「はーい」

宣子の厳しい口調に、煌子は首をすくめたのであった。

七

早くも翌日、舞の先生の邸に四人が集められ、五節舞の厳しい特訓がはじまった。

「そこ、手が逆！」

「はいっ」

「もっと檜扇（ひおうぎ）を高くかかげて！　優美に！」

「はいっ」

もちろん煌子は、叱られてばかりである。

「質は問わないなんて言ったの誰よ……イタタ、足がつった」

いつも強気な煌子だが、今回ばかりは、ぼやきが止まらない。

蹴鞠で鍛えた足腰には自信があったのだが、重い装束のせいもあって、毎日へとへとだ。

そもそも唐衣(からぎぬ)と裳を身につけたのは、裳着の式以来である。

本番ではさらに衣装を重ね着し、きらびやかな髪飾りをたくさんつけるというから、舞姫は想像を絶する重労働だ。

「しっかりなさって、白姫(しろひめ)さま。わたくしたちは急きょ集められた代役とはいえ、帝の御前で舞うわけですから、見苦しい姿をさらすわけにはまいりません」

保憲の娘に冷ややかな口調で言われ、煌子は返す言葉もない。

ちなみに、白姫というのは煌子の舞姫名である。

女性は家族以外に本名を教えないものだが、呼び名がないと何かと不便なので、四人の間で舞姫名を決めたのだ。

「鬼などに負けぬよう、四神(しじん)にあやかり、青龍(せいりゅう)、白虎(びゃっこ)、朱雀(すざく)、玄武(げんぶ)でどうでしょう？」と提案したのは煌子である。

これに対し、他の姫から、「たしかに強そうですけど、舞姫名としては優雅さに欠けますわ」という指摘があった。

そこで、青龍の青姫（あおひめ）、白虎の白姫、朱雀の紅姫（べにひめ）、玄武の黒姫（くろひめ）に決まったのである。

保憲の娘は青姫だ。

青姫は、煌子より三歳上の知的な美人で、父親に似たしっかり者だった。

舞は苦手と言いながらも、記憶力がいいせいか、振付の覚えがおそろしく早い。

「わたくしと白姫さまが失敗したら、父と陰陽寮に恥をかかせることになります」

父と陰陽寮、という青姫の言葉が煌子の胸にささる。

「お父様に恥を……それだけは避けないと……」

煌子は痛むふくらはぎをさすりながら、顔をあげた。

「さすがは高名な陰陽師、賀茂保憲さまのご息女と、安倍晴明さまのご息女。お二人ともまったく鬼を恐れていらっしゃらないのですね」

感心したようにおっとりと言ったのは、大納言の遠縁の姫だ。

長い黒髪がとても美しいので、この姫が黒姫とよばれることになった。

煌子より二つ年下で、まだ背も低く、きゃしゃな手をしている。

「わたくしは次の除目（じもく）で父の任官を約束され、仕方なしに引き受けたのですけど、やはり鬼が恐ろしくて。顔を見苦しくしておけば、さらわれる心配もないだろうと思ってはいるのですが」

黒姫は、家柄は良いが貧乏な公卿の孝行娘なのである。

「それで眉をそらずにボサボサにしていらっしゃるの？」

「あとこのホクロも」

黒姫は自分の鼻の頭の大きく真っ黒なホクロを指さした。

「眉墨で描きましたの。どうかしら？」

「すごく上手！　てっきり本物のホクロかと思ったわ」

煌子はすっかり感心する。

「五節の舞姫なんて一生に一度の晴れ舞台なのに、わざと見苦しい顔にするなんて、わたしにはできないわ。高貴な方々の御前で舞うのよ？」

四人目の舞姫は受領の娘で、あわよくば帝のお目にとまりたいと目論んでいる野心家だ。

口紅はもちろん、頬紅もかなり濃くいれているので、紅姫の名にぴったりである。

黒姫と逆で、家柄はそこそこだが、とにかく裕福らしい。

まだ練習なのに、金糸を使った高価な装束を着ている。

「たしかに清和天皇の皇后が、入内前に五節の舞姫をつとめたという前例がありますわね」

「それそれ！」

賀茂家の青姫がさらりと博識ぶりを披露した。

「でもそれって、百年以上前のことでは……」

黒姫がおずおずと言う。

「あら、前例が一度でもあれば、二度目だってあるかもしれないでしょう？　もちろん受領の娘が女御になんてなれるはずないけど、内侍として出仕するのは有りじゃないかしら？　お側近くに仕えられるのなら、女房でもかまわないわ」

「それはそうだけど、鬼が怖くないの？」

煌子の問いに、紅姫は胸をはった。

「鬼にさらわれるか、帝のお目にとまるか、のるかそるかの大ばくちだと腹をくってますから」

紅姫がきっぱりと言い放つと、三人の姫たちは驚いて息をのむ。

「すごい……」

「あっぱれなご覚悟ですわ、紅姫さま」

「あたってくだけろ、ですわね！」

他の三人から、感心しているのかあきれているのかよくわからない賞賛の言葉がおくられた。

「すでに源頼光さまを大将とする討伐隊が大江山へむかっているそうですから、五節の頃までにはきっと鬼たちも退治されますよ」

「そうですわね」

「とにかくわたしたちは舞の練習に専念しましょう」

四人の姫たちはそれぞれの事情をかかえて頑張ったのである。

八

あっという間に豊明節会の三日前となり、四人は内裏へ参入することとなった。

この日からは常寧殿(じょうねいでん)の四隅にそれぞれ五節の局とよばれる控え室をもらい、本番の豊明節会での舞が終わるまで泊まり込む。

それぞれの局に、介添役の女房たちや童女たちも集って、衣装あわせなどをおこなうのだが、煌子の介添の中には宣子もいる。

「なんとか支度がまにあってよかったわ」

煌子の髪飾りをつけながら、宣子が言った。金色の釵子（かんざし）から日蔭糸（ひかげいと）とよばれる長い白絹の組みひもをたらした、独特の髪飾りで、蔵人の父からの借り物である。

「わたしが帝の前で転んだりしたら、お父様もおとがめをうけるかしら？」

さすがの煌子も緊張気味だ。

「おとがめなどありませんよ。転んだら起き上がればいいだけです。最後まで精一杯、舞っていらっしゃい」

宣子の言葉に、煌子はこくりとうなずいた。

第一夜と第二夜は、本番前の試舞である。

ただし帝の検分があるので、まったく気がぬけない。

第一夜の試舞、「帳台（ちょうだい）の試（こころ）み」は、常寧殿内でおこなわれた。

大量に並べられた灯りの炎に照らされ、四人は歌にあわせて舞いはじめる。美しく華やかだがとてつもなく重い衣装。めでたい絵柄の檜扇。キラキラ輝く髪飾り。

うっすら汗ばみながらも、なんとか半分を舞い終えた頃。

「あれはなに!?」

最初に声をあげたのは、紅姫のお伴の童女だった。

続いて女房たちが悲鳴をあげる。

「キャーッ！　鬼よ！　鬼がでたわ！」

煌子がふりむくと、二十四をこえる小鬼たちが常寧殿にかけこんできたところだった。

女房たちは逃げ惑っている。

「来たわね、鬼たち！」

煌子は小鬼たちに立ち向かおうとした。

こめかみにたけだけしい二本の角がはえており、手にはトゲのついた金棒を握っているが、背丈は煌子の半分ほどしかない。

狐火を連打すれば一掃できそうだ。

しかし、帝や大勢の女房がいるところで狐火を打つわけにはいかないし、ましてや大天狗の羽団扇を使うわけにもいかない。

小鬼たちとともに帝を吹き飛ばしてしまったら最悪だ。

仕方がないので、檜扇で小鬼たちを打ち払おうとしたが、豪奢で重い衣装と、髪飾りにつけた八本ものじゃらじゃらした長い組みひもが邪魔でうまく動けない。

しかも小鬼たちは意外と俊敏で、檜扇の下をかいくぐってするする逃げていく。

「あっ、こら、逃げるな！」

「白姫さま、こんな時こそ呪文ですわ」

青姫は落ち着いて、穢れを祓う呪文を唱えはじめた。

さすがは賀茂家の娘である。

煌子も負けじと九字を切ろうとする。

「白姫さま、助けて！」

しかし紅姫と黒姫に両側からすがりつかれて、九字に失敗。

そして四人の舞姫全員がさらわれたのだった。

小鬼たちに一人ずつ縄で縛り上げられた四人は、小さな古寺におしこめられた。

暗い本堂に灯火はなく、こわれかけた仏像だけが月明かりにぼんやりとうかぶ。

すきま風にくわえて、足下の地面からしんしんと冷えが伝わり、自然と四人は身を寄せあった。

「なんて不気味なところなの」「殺されるよりはましですわ」などと話していると、コトリ、と、物音がする。

「まさか怨霊!?」

煌子はとっさに身がまえた。

「ちがいます……」

か細い声の返事があった方に目をこらすと、先にさらわれた姫たちが三名、ふるえているではないか。

「みなさま、ご無事だったのですね！」

青姫の問いに、三名はうなずいた。

「もうずっとこの寺にとらわれております」

豪華だが、すっかり薄汚れてしまった装束の姫たちが、はらはらと泣きだす。

噂では十名近くの姫がいなくなっているはずだが、他の姫たちは殺されたのだろうか。

「討伐隊は何をしているのかしら!」

紅姫はカンカンだ。

「でも青姫さま、白姫さまとご一緒で心強いですわ。きっとお父上の賀茂保憲さま、安倍晴明さまから、身を守る呪文など教わっておられますわよね?」

けなげな黒姫が自分をはげますように言うと、泣き伏していた三人が顔をあげた。

「ここに保憲の娘と晴明の娘がいるのですか?」

「わたくしたちですわ。みなさま、どうぞお心を強くお持ちください」

青姫の言葉に、姫たちはみなほっとしたようだった。

九

他の姫たちが眠ったのを見はからって、煌子はこっそり本堂から抜けだした。

懐に忍ばせていた菅公に、縄を食いちぎらせたのである。

「常闇、いる?」

煌子は夜空にむかって問いかけた。

かじかむ指先をあたためようとして吐いた息が白い。

しばらくすると、暗闇の中から、するりと大天狗がすべりおりてきた。

「白狐姫にしては珍しい失態だな」

「おまえも一度、この重い装束をひきずってみるといい。腰が折れそうになるから。おかげで凍死はまぬがれているけど」

「なるほど。で、邸までおまえを連れて帰ればいいのか?」

常闇は大きな黒い翼で煌子をくるんだ。

「いや、他の姫たちを見捨てて、わたし一人が逃げ帰ったとあっては、お父様の名に傷がつくからだめだ。それに、すぐにまた小鬼たちがわたしをさらいに来るだろうから、親玉を退治しないと」

「それはそうだろうな」

煌子からもらった焼き栗を頬張りながら、菅公はうなずく。

「ほら、早速来たぞ」

暗い木立から小鬼たちがわらわらと湧きだしてきた。

「ふふん」

煌子は今度こそ羽団扇をとりだすと、軽くひとふりした。

ザアッと強い風が吹き、地面に降り積もった枯れ葉とともに小鬼たちを吹き飛ばす。

「ああ、すっきりした」

煌子は満足げな笑みをうかべる。

「そもそも、ここはどこなの？」

「大江山だ。おまえの父が占った通り、親玉は酒吞童子らしい」

「大江山の酒吞童子？　討伐隊は返り討ちにあったの？」

「らしいな。ずたぼろになって山を下りていく男や、途中で倒れている男を何人か見かけた。今もまさに一人、酒吞童子にやられそうになっているところだ」

「この近く？」

「ああ。行ってみるか？」

「うん。見物しよう」

煌子が腕をのばすと、常闇は煌子を抱え上げた。

「どうだ重いだろう」

「別に。ああ、あそこだ」

常闇が指さした方を見ると、明るい炎がゆれていた。

炎がはぜる音に、刀をふるう音がまじる。

煙の臭いに、血の臭い。

近づいてみると、鬱蒼（うっそう）とした木立の中、少しばかり開けた野原でかがり火がたかれていた。

酒盛りでもしていたのだろう。

酒甕（さけがめ）や杯が散乱する中、大柄な鬼に一人の武者が斬りつけ、周囲で美しい姫たちが倒れている。

武者はすでに全身ボロボロで、血まみれだが、大鬼の方はほぼ無傷だ。

この大鬼が酒呑童子だろう。

小鬼たちの三倍は大きく、長身の武者よりも頭ふたつぶんは背が高い。

ボロ布をまとっているだけの小鬼たちと違い、水干（すいかん）を着ている。

美しく整った顔立ちだが、こめかみからは長い角がはえ、人間ならば白目にあたる部分が黒く、黒目にあたる部分が真紅である。

「なんだってあの武者は一人で戦ってるんだ？」

「さあな。本人にきいてくれ」

「それもそうか」

煌子は常闇の腕に抱かれたまま、上空から武者に尋ねた。

「おーい、そこの武者。なぜおまえはこんなところで一人で戦っているんだ？　仲間はもうみんな逃げだしたぞ」

「それがしはみなを逃がすために、しんがりを志願したのだ」

武者は鬼を見すえたまま、答える。

「それはなかなか立派な心がけだな。ならば加勢して邪魔だてするのはやめよう」

「ま、待ってくれ」

武者は半分血まみれの顔をあげた。

大天狗に抱かれて笑う煌子を見て、あっけにとられる。

「な、なんだ？　さらわれてきた姫にしてはずいぶん堂々としているが……？」

武者は煌子が大天狗にさらわれてきたと思ったようだ。

「なぜ鞍馬の大天狗がここにいる？」

常闇をいぶかったのは、酒呑童子だった。

十

「寺におしこめた五節の舞姫たちをここへ連れて来るよう小鬼たちに命じたのに、なかなか戻らぬと思ったら、おまえが横取りしたのか」

酒呑童子の凄みのある声に、炎がゆれる。

「誤解だ。小鬼どもを一掃したのはおれじゃない」

常闇は肩をすくめた。

「悪いな。あいつらはどこぞへ吹き飛ばしておいた。とうぶん戻って来ぬだろう。いや、永遠に、か？」

愉快そうに言い放ったのは煌子だ。

黒かったはずの髪は白銀に変じ、瞳は黄金に輝いている。

三角の耳に、ふさふさの尻尾。

手に持っているのは大天狗の羽団扇だ。

「あっ、あなたは片輪車を倒した晴明どのの姫君では!?」

「ん?」

よく見ると、血まみれの武者は、単身、片輪車に斬りかかっていた若者だった。

たしか名は渡辺綱。

そういえば源頼光に仕えていると言っていた。

それで綱も討伐隊に参加していたのだ。

「ああ、あの時の。よくよく無謀な性質(たち)なのだな」

「晴明の娘? 聞いたことがあるぞ。おまえがあの悪名高き白狐姫か。小鬼ども、とんでもない姫をさらってきたものだな」

酒呑童子が端整な顔をしかめた。

「ふふ、わが悪名は大江山へも届いておるか。されば酒呑童子よ、わがもとにくだれ。もう二度と人をさらったりせぬと誓うのなら、その命は助けてやろう」

「は? 小娘がなにをくだらぬたわごとを。鞍馬の大天狗とはいずれ決着をつけるつもりであったし、この際、まとめて葬ってやる」

酒呑童子は右手の太刀を高くふりかざした。

「その太刀ではここまで届かぬぞ」

常闇に抱えられた煌子が笑う。

「ムン！」

酒呑童子が太刀をふりおろすと、鋭い風の刃が常闇の黒い翼めがけてとんできた。

とっさに常闇は風の刃をかわすが、黒い羽根が二枚、ひらりと落ちる。

酒呑童子は再度太刀をふるうが、今度は常闇は余裕をもってかわした。

「面白いわざを使うな。ではお返しだ」

煌子は右手に大きな狐火をだすと、酒呑童子めがけて投げつける。

酒呑童子は最初の狐火はなんなくかわしたが、二つ、三つと立て続けにとんでくる狐火はかわしきれず、右腕を直撃した。

だが酒呑童子は動じない。

「ふん、狐火ごとき痛くもかゆくもないわ」

酒呑童子はニヤリと笑う。

「ちゃんと急所を狙え」

風の刃をひらりひらりとかわしながら、常闇は煌子に言った。

「鬼の急所ってどこ？」

煌子は問い返した。

「知らん」

「んもう！　どうやって狙えっていうのよ」

煌子は頬をプッとふくらませる。

「でも、鬼だって生き物だから、たぶん……」

煌子は特大の狐火をつくると、左目をめがけて打ちこんだ。

十一

たとえ片方でも目をつぶされたら、あらゆる生き物は動きがにぶるはず、と、煌子は考えたのだが、酒呑童子にスッとよけられてしまう。

「鬼って見かけによらず俊敏なのよね。あいつの体力がつきるのが先か、わたしの妖力がつきるのが先か……」

ブツブツ言いながらも、煌子は酒呑童子の赤い瞳めがけて狐火を連投した。

しかし、猛烈な速度で飛びまわる大天狗の腕に抱えられたまま狐火を打っていることもあり、なかなか狙いが定まらない。

「ハッハッハ、まったくあたらぬな」

「そういうおまえの風の刃もね！」

酒呑童子と煌子の視線が交錯し、火花を散らした時。

音もなく忍びより、酒呑童子のむこうずねを斬りつけた者がいた。

「ムッ？」

酒呑童子が視線を落とすと、刀を構えていたのは、血まみれの綱だった。

酒呑童子のむこうずねから血がたらりと流れる。

だが硬い足の骨を断つことはできず、皮膚に傷をつけただけだ。

「邪魔をするな！」

酒呑童子が怒りに満ちたひと太刀を綱にむかってふりあげた時。

「そこだ！」

煌子は渾身の狐火を酒呑童子の赤い左目にたたきこんだ。

「グッ」

酒呑童子が左目を手で押さえると、煌子は容赦なく右目にも打ちこむ。

両目を封じられ、酒呑童子はむやみやたらと太刀を振り回した。

「ふふふ、おまえの風の刃はたいしたものだけど、残念ながら太刀筋がはっきり見えちゃうのよね」

煌子は常闇の腕から地面へと飛びおり、ひらりと着地した。

大きな蒼い狐火を酒呑童子の鼻先につきつける。

「降伏する？」

「するものか！」

「そう？」

煌子は綱の刀を借りると、酒呑童子の二本の角をスパッと斬り落とした。

「ウオォォォッ!!」

今度こそ酒呑童子は両腕で頭を抱えて、地面にうずくまった。

「角が弱点だったのか」

「グゥ」

「もう一度だけ聞く。降伏するか？　二度と人間をさらわぬと約束するなら、命だけは助けてやる」

「……降伏したら、おまえの式神にされるのか？」

「うーん、おまえはいいや。都へ連れて行くには大きすぎるし、お母様が嫌がりそうだから。おまえは討伐隊に退治されたことにしておくから、当分の間、おとなしく身を隠しているといい」

「ならば降伏する」

酒呑童子は太刀を地面に置いて、頭をさげた。

「降伏の証として、その太刀はもらっておこう。綱が持って帰れ」

「え？　あ、はい」

綱は酒呑童子の太刀を拾い上げた。

「これは……なかなかの名刀のようです」

「そうか。ならばその太刀の礼として、わたしに仕えること」

「は？」

「二度もおまえの命を救ったわたしに、何か不満でも？」

「いえ、ございません」

「うん。さきほどはなかなか良い働きだったわ」

「ありがとうございます」

「さて、綱の最初の仕事だけど」

「何なりと」

「ここに倒れている姫君たちの他に、あの古寺にも七人閉じ込められているから、みんなを助けて」

「わかりました」

「あ、ついでに、そのへんに落ちてる縄でわたしを縛ってくれる？」

「は？」

「わたしは先に古寺に戻って、姫たちと一緒に助けを待ってるから」

「はあ」

「じゃあさっさと縛って」

煌子は綱に自分を縛らせると、ふたたび常闇に抱えられて古寺へ戻った。

「ありがとう。もし綱が道に迷うようなら、ここへ案内してやって」

「やれやれ、式神使いの荒い姫だ」

「帰ったら干し棗に、柑子(みかん)もつけるから」

「忘れるなよ」

常闇は夜空に舞いあがった。

十二

煌子は真っ暗な古寺の本堂へ入った。

舞姫仲間が眠っている場所へ戻ろうとして、誰かの足を踏んでしまう。

「痛っ」

「ごめんなさい！　その声は青姫さま？」

「白姫さま？　どちらへ行かれていたのです」

「人の声が聞こえた気がして、寺の外にでてみたのですが、暗くて何も見えませんでした」

「そうですか」

二人の声で目がさめたのか、紅姫がむくりと身体をおこした。

「討伐隊は何をしているのかしら。本来なら、わたしは今頃、帳台の試みで見事な舞を披露し、帝からおほめの言葉をいただいて、明日、清涼殿でおこなわれる御前の試みも頑張ろうって興奮しながら眠りについていたはずなのに。帝のお住まいである清涼殿に入れるなんて、一生に一度のことかもしれないのよ」

装束にたきしめた香がふわりとただよい、髪飾りがシャラシャラと音をたてる。

「どうせ鬼に喰われてしまうとしても、せめて今夜だけでも、最後まで舞いたかったわ。わたしたち、あんなにお稽古したんですもの……」

ぽつりとつぶやいたのは黒姫だ。

どうも涙ぐんでいるらしい。

「本当に、わたくしたち、よく頑張りましたわよね……」

さすがの青姫も感傷的になっている。

「大丈夫、必ず討伐隊は来ますって。そしてわたしたち、明日こそは帝の御前で、完璧な五節舞を披露してみせましょう」

煌子の言葉に、青姫は首をかしげた。

「白姫さまがそんなに舞いたがっておられるなんて、意外です」

「舞は苦手だけど、せっかく母が三回分の装束を用意してくれたのに、無駄にしたくないもの」

煌子の正直な言葉に、三人はクスクス笑いだす。

「そうですわね、まだ、御前の試みも豊明節会も残っているんですもの。嘆くのは早すぎですわ」

「その通りよ、さすが紅姫さま」

「そもそも一番心配なのは白姫さまですけど」

「それは言わないで！」

「もうすっかり目がさめてしまったから、歌合わせでもしませんこと？　といっても、筆も墨もありませんし、古今和歌集にでてくる和歌を誰が一番覚えているか競うのはどうかしら？」

すっかり元気を取りもどした紅姫が提案した。

「あら、よろしくてよ。誰かが言った上の句に、一番早く下の句を言えた人が勝ちでいかがかしら？」

即答したのは青姫である。

「えっ、わたし、和歌は苦手で……」

「では白姫さまが上の句でもよろしくてよ？」

「えっ、ええと、そんな急に言われても……」

煌子はずっと和歌をないがしろにしてきたことを、これほど後悔したことはない。

「あの、では、今のわたくしたちにぴったりの歌を」

おずおずと言ったのは黒姫だ。

「なにかしら」

煌子はあからさまにほっとした顔で尋ねた。

「天津風（あまつかぜ）……」

黒姫が言った途端。

「雲の通ひ路（じ）吹き閉ぢよ　をとめの姿　しばしとどめむ」

紅姫と青姫が同時に答える。

「それはわたしも知ってるわ！　五節の舞姫をたたえた歌ね」

「明日はこれ以上の歌をよんでもらいたいものだわ」

紅姫は自信まんまんで胸をはった。

紅姫のから元気につられて、あとの三人も笑顔になる。

その時、ようやく寺にむかって足音が近づいてきたのを、煌子の耳がとらえた。

「あら、何か外で物音が……」

黒姫がきょろきょろとあたりを見回す。

「空耳では？」

「人の話し声ですわ！」

「鬼かもしれませんわ。気をつけて」

姫たちは身体をおこし、緊張して待ち構えた。

戸をあけはなつ音とともに、ほのかな月の光がさしこんでくる。

「源頼光さま配下の渡辺綱と申す者でござる。どなたかおられるか!?」

ようやく綱がたどりついたのだ。

「討伐隊が助けに来てくれましたわ！　ここです、ここにみなおります！」

煌子はしらじらしく声をあげる。

「みなさま、ご無事ですか!?」

「まあぁ、大変なお姿。この立派な刀は鬼の太刀では？　鬼と戦って、倒してこられたのですね！」

血まみれの綱を見て、煌子はわざとらしく驚いてみせた。

「え？　あ、はあ」

綱が余計なことを言う暇もなく、煌子はまくしたてる。

「みなさま、もう安心ですわ。討伐隊が鬼を退治してくださったそうです。わたしたち、都へ帰れますわ！　それもこれも我が父、晴明の占いが見事的中したおかげですわね！」

「あら、我が父、保憲も占いで同じ結果がでたと申しておりましたわよ」

「ではお二人のおかげですわね」

「とにかくこれで帰れるのですね。嬉しい……！」

綱が縄をほどくのを待ちかねて、舞姫たちは涙でぐしゃぐしゃになった顔で、抱き合ったのであった。

「源頼光の四天王の筆頭でもある渡辺綱は、その夜以来、姫に仕えているというわけさ」

黒平の話に、黒佑は、カア、と、驚きの声をあげた。

「大江山の酒呑童子討伐は聞いたことがあるが、まさか姫の手柄だったとは……」

「とにかく破天荒なお方よ。よりによって白狐姫をさらってしまうとは、小鬼どもの自業自得としか言いようがないのう」

カカカ、と、黒平は笑い声をあげる。

「結局、その年の五節舞は中止に？」

「いや、大江山から都に帰還した後、すぐに四人とも晴明から特別な祓えをおこなってもらい、清涼殿での御前の試みと、本番の豊明節会での舞を披露したのさ」

いよいよ第四夜が、豊明節会である。

豊楽殿（ぶらくでん）という多くの儀式がおこなわれる会場で、帝やその妃、多くの公卿たちも観覧する中、四人は登場した。

大勢の人前で舞う緊張感で、若く気弱な黒姫は、今にも倒れそうなくらい真っ青だ。

「黒姫さま、大丈夫です。鬼にさらわれたわたしたちに、怖いものなんかありません」

「そうですわ。命の危険と隣り合わせだったあの夜の緊張にくらべたら、どうということもありませんわ」

みんなにはげまされ、黒姫もようやくほほえむ。

変な化粧をやめた黒姫の笑顔は、とてもかわいらしい。

「さあ、はじまりますわよ」

四人は緊張しながらも、管弦の伴奏にあわせて、精一杯、はなやかに、そしてあでやかに舞いはじめた。

舞姫たちが動くたびに、甘やかな薫りがたち、髪飾りがキラキラ輝く。

美しく色をかさねた袖や髪飾りにつけた長い組みひもが優雅にひるがえり、黒髪がつやめく。

今年も豊作に感謝して。

何より、生きていることに感謝して。

「その年の舞姫たちの受難は、帝はじめ観客全員の知るところだったから、それはもう絶賛の嵐だった」

　黒平も感無量といった様子である。

「紅姫はもくろみ通り、帝のお目にとまったのか？」

「いや、それが、帝のお目にとまったのは、白狐姫じゃった」

「えっ⁉」

　黒佑は驚き、両方の羽をばっと広げた。

「葛の葉さまゆずりの美貌に加え、父仕込みの陰陽道の心得で姫君たちを守ったというのが高く評価されたようじゃ。内侍として宮中に出仕せぬかと熱心なお誘いがあって、晴明も断るのに苦労しておった。同じく青姫も高い教養をかわれて、宮仕えや縁談の話がずいぶん舞い込んだらしい」

「それでは紅姫の野望はついえたんですか？」

「いやいや。古寺に先にとじこめられていた公卿の姫君の一人が、のちに女御として入内したのだが、紅姫はその女房として宮仕えをしておるよ。明るく前向きな性格が気に入られたらしい」

「へぇ、たいしたもんですね。野望の八割は果たしてるじゃないですか」

「黒姫の父は約束通り、次の除目でどこぞの受領に任ぜられた。黒姫も父とともに今、任地へおもむいているそうじゃ」

「受領は儲かるらしいし、もう貧乏生活ともおさらばですね。よかったよかった」

「葛の葉さまの命により、こうしてもう二十年近く白狐姫を見守り続けてきたが、退屈したことがない。だがわしももう年じゃ。気づいたら目をあけたまま居眠りしていることも増えた。それでそろそろ若手に引き継ぎたいと葛の葉さまに申し出たのよ」

「そうでしたか」

黒佑は小さな目をしばたたく。

「まあ、まだしばらくは白狐姫を見守るつもりではおるがの。さあ、我らも晴明の邸へ戻ろう」

「は」

東の空が明るくなりはじめた頃、二羽のカラスは煌子の乗る網代車を追って、飛び上がった。

最終話　百鬼夜行と道満

一

　煌子が五節の舞姫をつとめてから五年がたった。

　ふるような縁談も就職口もすべて断り、日中は邸でごろごろしては母に叱られ、夜は父を助けるためにこっそり暗躍している。

　もはや都の妖怪の大半は白狐姫に従っていると言っていいくらいだ。

　梅雨の夕暮れ時、煌子あてに文が届いた。

「またかぐや姫あてに、命知らずの貴公子から恋文か」

　吉平がニヤリと笑う。

「五節の舞姫の直後は、毎日、和歌をそえた恋文が殺到して、すごかったからなぁ」

　こちらは吉昌だ。

「そういう吉昌兄様だって、青姫さまに文を送ったんじゃないの？」

「な、なんのことだかわからないな」

吉昌はとぼけるが、根が正直で真面目なので、すぐに顔が赤くなってしまう。

「私のことはどうでもいいから、早く文を読んで、返事を書いたらどうだ。使いの者が待っているのではないか？」

「めんどくさい。お母様、お断りのお返事をだしておいて」

「今日は違いますよ。紅式部(べにしきぶ)さまからですって」

「紅式部？　ああ、紅姫さまの女房名ね。文なんて珍しい」

筆まめな青姫、黒姫と違って、紅姫から文が来ることは滅多にないのだ。

煌子は早速、文をひろげた。

「折り入って相談したいことがあるから、近々、東三条殿(ひがしさんじょうどの)の南院まで来てほしい、って書いてある。何だろう」

「東三条殿といえば、右大臣藤原兼家(うだいじんふじわらのかねいえ)さまのお邸だ。今ちょうど、出産にそなえて里帰りされているご息女の梅壺女御(うめつぼのにょうご)さまが、南院をお使いのはずだが」

晴明の言葉に、煌子は、ああ、と、思いあたったようだ。

「紅姫さまが女房として仕えてるの、その女御さまだったかも。里帰りについて行ってるのかな？」

「そうかもしれぬな」

「文を持って来た使者が返事を待っていますよ」

「急いでるみたいだから、今から行こうかしら。お父様、牛車を使ってもいい？　だめなら歩いて行くけど」

「牛車を使いなさい。くれぐれも無茶はしないように」

「ありがとう！」

今宵まいります、という簡単な返事を使者に持たせると、煌子は急いででかける支度をしたのだった。


東三条殿は、長く高い築地(ついじ)の塀をめぐらせ、大臣以上にのみ許された四足(よつあし)の門をかまえる、堂々たる大邸宅であった。

右大臣が住んでいる本院と道をはさんで隣接している南院も、帝の妃である女御が里帰りしているだけのことはあって、かなり立派な邸宅だ。

煌子が東中門の前で牛車をおりると、人間には聞こえないざわめきがおこる。

（白狐姫!?）

（なぜ白狐姫がここに!?）

広々とした敷地に棲みついている妖怪たちが慌てふためいているが、ざっと見回したところ、小物ばかりで、大物はいないようだ。

「白姫さま、早速来てくださってありがとう！」

五年ぶりに再会した紅姫は、一段とあでやかになっていた。

もともと華やかな美少女だったが、宮仕えのおかげか、女房装束の着こなしも、髪形も、洗練されたように見える。

「紅姫さま、久しぶり！　今は紅式部だったわね」

「そうなの。やっと女房名にも慣れたわ」

紅姫あらため紅式部は、渡殿（わたどの）にある自分の局に煌子を招き入れる。

ちなみに紅式部という名前は、兄が式部省につとめている紅姫ということで決まったのだという。

「白姫さま、甘い物はいかが？」

「わたしのことは煌子でいいわよ。今さら白姫ってよばれるのもくすぐったいし」

「えっ、それ本名じゃないの？」

「いいじゃない、わたしたちの仲だし。それで、何があったの？」

煌子は単刀直入に尋ねた。

「実はね、出るのよ……」

「え、何が？」

「こっちへいらして」

紅式部は煌子の手をひいて、御簾の外へでた。

二

夜とはいえ蒸し暑い時季なので、蔀戸はすべてあけはなち、風が通るようにしてある。

紅式部は広い庭の池のあたりを、夏用の紙の扇でさした。

「あのへん、見える？　池の釣殿（つりどの）のあるあたり……」

「んん？　何かぼんやりと……白い……。え、もしかして、あれ……」

「そうなの」

紅式部は眉間に皺をよせて、こくりとうなずく。

「あと、あちらの築山のあたりにも」

「えっ」

煌子が目をこらすと、そこにもぼんやりと、白いもやもやしたかたまりが見えた。

「まさか、怨霊？」

「やっぱり煌子さまには見えるのね。良かった」

「他の人には見えてないの？」

「そうみたい。もしかしたら、気づかないふりをしているだけかもしれないけど」

「この距離からじゃはっきりわからないけど、二人とも女の人？」

「……一緒に、近くまで行って確認してくれる？」

「えっ？　もしかして、そのためにわたしをよんだの？」

自慢ではないが、煌子は怨霊が大の苦手なのである。

鬼や妖怪と違って、怨霊には実体がないので、狐火も羽団扇もきかない。

都の妖怪の大半を従える煌子だが、怨霊には手をだしかねているのだ。

「だって黒姫さまは今、都をはなれておられるし、青姫さまは三年前にお父様を亡くされて以来、ずっと邸にひきこもっておられるから、頼みにくいのよ。でも煌子さまなら暇そう、じゃなくて、度胸もあるし、友情にあついし、なにより、かの有名な陰陽師、安倍晴明さまのご息女だから、きっとわたしを助けてくれると思って」

「ま、まあね」

そこまで言われては、逃げるに逃げられない。

「じゃあ、ちょっとだけ近づいてみようか」

煌子と紅式部は、庭におりて、おそるおそる池の方に近づいた。

「やっぱり女の人ね。まえもお産でよばれた時、女の人の怨霊がでたことがあったのよ。かなり怖かったわ。って、父が言ってた」

煌子は最後の一文を慌ててつけたした。

「怨霊って、お産あるあるなの？」

「そうみたいよ。だからいよいよ産まれるっていう時は、陰陽師や僧侶や修験者をいっぱいよぶんですって」

「そ、そうなんだ」

気丈に振る舞いながらも、煌子の手を握る紅式部の指先は緊張で冷たくなっている。

「遠目だけど、すごく豪華な装束を身につけた怨霊ね。この邸に縁(ゆかり)のある方かしら？　それにまだ若そう」

「……そ……そうね……」

紅式部の声がうわずる。

怨霊がちらりと二人を見た気がした。

「ちょっとはなれない？　近づきすぎたかも」

「う、うん」

二人はそろそろとその場をはなれ、紅式部の局へ戻った。

三

局に戻ってからも、紅式部の震えは止まらない。

「わたし、あの二人を知ってるかも……」

紅式部の告白に、煌子はびっくりした。

「本当に!?　誰なの!?」

「奥にいる方は、昨年崩御された堀河中宮さまで、池の近くにいるのは、弘徽殿女御さまだと思う。遠くからだけど宮中でお見かけしたことがあるわ」

どちらも現在の帝の妃である。

「どうりで豪華な装束をまとっているわけね。あれ、でも、弘徽殿女御さまって、いつ亡くなったの？」

煌子の問いに、紅式部は頭を左右にふった。

「亡くなってない」

「え？」

「生きておられるわ」

「じゃあ、さっきのあれは……」

「生き霊、かな……？」

「う………」

珍しく煌子は硬直した。

「生き霊って、あの、生き霊!?」

「他にどの生き霊がいるっていうのよ」

紅式部の低い声に、思わず煌子はたじろぐ。

「う、うん。でも、どうして、弘徽殿女御さまの生き霊が、ここにでるの？」

「順番に説明していくわね。まず、七年前に、今の帝の最初の妃として後宮に入られたのが、当時の関白の娘の堀河中宮さま。中宮さまの方が十二歳も年上だったけど、仲の良いご夫婦だったそうよ。でも残念ながら子宝に恵まれなかったの。そこで一昨年、新たな妃として迎えられたのが弘徽殿女御さまと梅壺女御さま。ちなみに女御に定員はないけど、その上の位である中宮には一人しかなれない。そのくらいは知ってるわよね？」

「うん。三人の中で、中宮さまが一番偉いのね」

「そうそう。それで、去年、堀河中宮さまが亡くなられた後、次の中宮には弘徽殿女御さまと梅壺女御さまのどちらが選ばれるか、って、水面下での戦いが始まったの」

「女の戦い？」

「まあね。弘徽殿女御さまは現在の関白のご息女で、梅壺女御さまは右大臣のご息女。弘徽殿女御さまは、父親の身分も高いし、きっと次の中宮は自分に違いないって思っていたはずよ。でもここにきて梅壺女御さまの方が先に懐妊したものだから、そりゃもう悔しくて仕方ないんだと思うわ。生き霊がでたって不思議じゃないくらいにね」

「それで生き霊が……」

「かくなる上は死産を祈るしかないって、父親の関白さまを筆頭に、一族総出で呪詛しまくってるはずよ」

「呪詛！」

紅式部から出た言葉に、煌子はギョッとした。

「もし男の御子が産まれたら、中宮争いだって梅壺女御さまがぐっと有利になるわけだし、中宮が産んだ第一皇子は、将来の帝の最有力候補。関白さまとしては、右大臣さまの孫が帝位につくのは何としても阻止したいのよ。だけど表だって帝の妃や御子を襲撃するわけにはいかないから、呪詛するしかないわけ。状況はわかったかしら？」

「う、うん……」

煌子は大内裏の内側のことにはほとんど興味がないのだが、紅式部はどろどろした権力闘争の最前線にいるのだ、ということはよくわかった。

そして呪詛がおこなわれている以上、父や兄たちも祓えや祭祀などで関わっているにちがいない。

「でも、亡くなられた中宮さまの死霊はともかく、弘徽殿女御さまの生き霊がでるなんて騒いだら、いろいろまずいじゃない？　あちらの耳に入ったら猛烈に抗議してくるだろうし」

「それはたしかにそうかも」

煌子はしぶい顔でうなずく。

「梅壺女御さまご本人だって、初めてのご出産を来月に控えて不安なお気持ちでいっぱいなのに、死霊と生き霊に狙われてるなんて言えないわ」

「お産は命がけだって言うものね」

「そうそう。だから今から表だって有名な陰陽師をよぶようなことはできないのよ。梅壺女御さまを不安にさせてしまうわ。もちろんお産が近づいたら、都じゅうの陰陽師や僧侶をよび集めるんでしょうけど」

「そうか……」

うーん、と、煌子は考え込んだ。

「でも紅姫、じゃなくて紅式部、あなたってけっこう主人思いのいい女房なのね。まえは自分が帝のお目にとまることしか考えてなかったのに、この五年でずいぶん大人になったのねぇ」

「はあ？　煌子さまって本当に単純ね。わたしは今でも紅姫の頃のわたしのままよ。梅壺女御さまが中宮に出世されたら、わたしも中宮の女房になれる。でも万一、お産でお命を落とされるようなことがあれば、わたしは職を失う。今回だって、のるかそるかの勝負の分かれ目よ」

紅式部は鼻息も荒くまくしたてた。

「……紅式部、あなたって……」

「なによ。軽蔑するならしなさいよ」

紅式部はプイッと顔をそむける。

「照れ屋さん？」

「違うわ！」

紅式部は真っ赤な顔で否定する。

「はいはい。その芯が通ったぶれないところ、さすがだわ」

「だからそう言ってるでしょ」

「わかった。わたしにどこまでできるかわからないけど、怨霊を祓えるかやってみる」

煌子は両手で紅式部のか細い手を握り、力強くうけあった。

四

煌子は紅式部を邸内に残し、ひとりで、ふたたび庭におりた。

死霊は怖いので、まずは生き霊を正気に戻して、肉体に返す計画である。

「あの……弘徽殿女御さまですか？」

池の近くにいる若い女性の霊に煌子は話しかけた。

言われてみれば、顔色もそこまで青くなく、髪も化粧もきちんとしており、死霊とは雰囲気が違う。

女御の生き霊は、煌子をちらりと一瞥した。

だが返事はない。

「夜もふけてまいりました。どうぞ内裏へお戻りくださいませ」

しかし生き霊は、ぼんやりと遠くを見ている。

どうも、自分がどこで何をしているのか、よくわかっていない様子だ。

無意識のうちに、魂が肉体を抜けだしてしまったのかもしれない。

「あの……もし？　女御さま？　こんなところで生き霊になってるのを他の人に知られたら外聞も悪いし、目立たないうちに帰った方がいいと思いますよ？」

煌子としては角が立たないように、やんわりと説得してみたつもりだが、やはり返事はない。

そもそも聞こえていない可能性もある。

「さっさと祓ってしまいましょうよ。祟りを祓う呪文を忘れちゃったんですか？」

竹筒から小さな顔と手をだして、菅公が煌子にささやいた。

冬場はそのまま懐に入れておくとふわふわで温かくて良かったのだが、夏場はお互い暑苦しいので、竹筒に入れているのだ。

「うかつに祓ってしまって、魂が肉体に戻れなくなってしまったらまずいだろう？　この人はまだ生きてるんだから」

「そうですか？　生き霊をとばすような奴は、放っておいたら必ず何か恐ろしいことをしでかしますからね。退治してもいいんじゃないですか？」

「やっぱり梅壺女御の出産を妨害する気なのかな?」

その時、初めて生き霊の表情がかわった。

(梅壺女御は……いずこ……?)

はっきりと憎悪の色が目にうかぶ。

長い黒髪がうねうねとひろがる。

「もしかして、寝た子を起こしちゃった……かも?」

「ギャ」

菅公は小さな頭を竹筒の中にピュッと隠した。

(悔しい……なぜじゃ……。必ず皇子をこの身にさずけたまえと、あれほど神仏に祈ったのに……。なぜ小娘に……)

両目からとろりと血の涙が流れ、全身から毒々しい瘴気がふきだす。

こうなると生き霊も怨霊もかわらない。

「うっ」

魚が腐ったような悪臭に、思わず煌子は袖で鼻をおさえた。

(おまえ……梅壺に仕える女房か……?)

生き霊は煌子をじろりとにらみつけた。

「ち、違います！」

煌子は顔の前で両手をふって否定したが、生き霊の表情はどんどん険しくなる。

遠慮している状況ではない。

このままでは自分が取り殺される。

なりふりかまわず、煌子は手で九字を切り、祟りを祓う呪文を唱えはじめた。

だがやはり生き霊には効果がないのか、まったくひるむ様子がない。

（うるさい小蝿（こばえ）め……）

生き霊の氷のように冷たい手が煌子の首にかかる。

「はな……せ……」

煌子がうめいた瞬間。

するりと口から冷たい何かが入ってきた。

「おやめなさい」

煌子から、聞いたことのない声が発せられる。

身体をのっとられたのだ。

五

(中宮さま!?)

生き霊が恐れおののく。

どうやら煌子の身体に憑依(ひょうい)したのは、堀河中宮の死霊のようだ。

「この娘は無関係です。手出しはなりません。内裏にお帰りなさい」

(……クッ)

生き霊はすさまじい表情をうかべるが、中宮には逆らえないと思ったのか、すっと闇の中に消えていった。

「ふだんはおとなしく思慮深い性質(たち)なのに、心の奥底におさえこんだ嫉妬(しっと)が生き霊をつくりだしたのであろうか。あわれなこと……」

煌子の身体をのっとった中宮は、両手で顔をさわり、確認した。

「しかし、これはまた若く健やかな身体だこと。このまま内裏へ戻るも一興か」

長い袴の裾をひきずりながら、ゆらり、ゆらりと歩きだす。

紅式部の局に戻らず、庭から東中門へでて、牛車に乗りこもうとした。

「待て」

声をかけられて、煌子が顔をあげると、そこにいたのは馬に乗った晴明と吉平、吉昌だった。

「なんじゃ？」

「帰りが遅いので心配になって迎えに来てみたら、まさかの物の怪のようですね」

吉平があきれ顔で言う。

「物の怪というと、神仏や霊鬼が取り憑いて霊障をひきおこすという、あれですか」

吉昌は青ざめた。

「物の怪？　わたくしが？」

ふふふ、と、煌子はおかしそうに笑う。

明らかに表情や声がいつもと違う。

「久しぶりですね、晴明」

「え？」

晴明は驚き、眉間に皺をよせた。

「そうか、この顔、どこかで見たことがあると思いました。何年か前に五節の舞姫をつとめた、そちの娘でしたか」

「その声は、もしや、堀河中宮さま……？」

晴明が急いで馬からおりると、吉平と吉昌も続く。

「晴明、病に臥したわたくしに、何度も占いや祓えをおこなってくれたこと、感謝していますよ」

「力およばず、申し訳ございませぬ。しかしなにゆえ、右大臣の邸に？」

「誰ぞ、わたくしの眠りを妨げる者がいたようです」

煌子はけだるげにほほえむ。

「……梅壺女御が懐妊したのですか？」

突然の問いに、晴明は即答できなかった。

子供に恵まれなかった中宮がどう反応するか、読めなかったからだ。

「隠さずともよい。弘徽殿女御がひどく悔しがっていました」

「……は」

晴明は頭をさげる。

「そちと争う気はありません。今日のところは、この娘の身体は返しましょう」

入ってきた時と同様、煌子の口から冷たいものがするりと抜けだした。

煌子は喉を押さえて、ゲホゲホと咳きこむ。

（……また……）

堀河中宮の死霊はわずかに赤黒い唇を動かすと、闇に溶け込んでいった。

晴明は煌子の背中をたたいたり、さすったりする。

「大丈夫か？」

「お父様……！」

煌子は人目もはばからず、晴明に抱きついたのであった。

馬は式神たちにまかせ、四人は牛車で帰ることにした。

四人で牛車に乗るのは久しぶりである。

「弘徽殿女御の生き霊に首をしめられ、堀河中宮の死霊に身体をのっとられた、か。よく無事だったものだな。ふつうは修験者に邪気（じゃけ）を調伏（ちょうぶく）してもらうのだが、さすが煌子だ」

吉平はあきれ顔で、よしよし、と、煌子の頭をなでる。

「中宮さまが生き霊を追い返してくれなかったら、かなり危ないところだったわ。できればわたしの身体をのっとらずに、追い返してほしかったな。そうだ、紅式部が心配してるだろうから、後で文を書かないと」

煌子はまだ痛みが残る喉を両手でさすりながら言う。

「中宮さまは、眠りを妨げられたと言っておられました。誰かが招魂の法でも使ったのでしょうか？」

吉昌の問いに、晴明は首をかしげた。

「招魂など、陰陽寮でもかたく禁止されているし、そんじょそこらの術者に使えるわざではないはずだが」

「呪詛をたくらむ者たちが、相当な術者をやとったのかもしれません。おそらくはかなり腕の立つ法師陰陽師かと。彼らは報酬しだいで、なんでもやるという噂です」

吉平が眉をひそめて言う。

「法師陰陽師か」

「特に円能、源心、安正、道満などは呪詛事件がおこるたびに名を取り沙汰されますが、尻尾をださぬので、検非違使も捕縛しかねている様子ですね」

「道満……」

晴明はこめかみに手をあてて、考え込んだ。

四人を乗せた牛車と空の馬三頭が、二条大路を渡って、ゆっくりと帰っていく。

夜の闇にまぎれて袈裟姿の男がひそんでいることに、誰も気がつかなかった。

六

翌日は朝から雨だった。

いつものように早朝から陰陽寮に出仕した晴明たちは、昼時に帰ってくる。

牛車が戻ってきた音を聞きつけ、早速、煌子はとびだした。

「どうだった⁉」

「暦博士に確認したが、弘徽殿女御さまは昨日は物忌みで、弘徽殿の外へはお出にならなかったはずだと言っていた」

「ということは、一人で静かにおすごしと見せかけて、魂だけ東三条殿の南院へとばしていたのね」

「おそらく、わざとではあるまい」

「そこが厄介ね。紅式部からは、あの後、庭にいた白い影がふたつとも見えなくなってほっとしている、祓ってくれてありがとう、って、すごく喜んでる文が届いたけど、きっと今夜も出るわよね」

「おそらくな」

「堀河中宮さまだって、消える前に、また、って言ってたように見えましたよ」

吉昌が心配そうに言う。

「できれば反閇を踏んだり、霊符を置いたりして、出産までのあとひと月、梅壺女御さまを物の怪や呪詛からお守りできるといいんだけど」

生き霊に反閇がきくかどうかはわからないが、何もしないで待っているわけにはいかない。

しかし、弘徽殿女御やその父の関白一族が呪詛をかけているようなので、陰陽師が祓えをおこなった、などという噂がたったら、かどが立ちまくりだ。

紅式部が心配していた通り、猛抗議がよせられるに違いない。

「東三条殿に陰陽師が行く適当な口実があるといいのだが。塀の修繕工事をおこなうとか、病人がでたとか、何かないのか？」

吉平がいくつか口実の例を考えてくれたが、紅式部からそんな話は聞いていない。

「右大臣兼家さまのお邸か。その名前って、最近どこか違うところでも聞いた気が……」

煌子が首をかしげると、宣子がため息をついた。

「ひと月ほど前に、兼家さまのご子息、道長さまが、歌つきの文をくださったではありませんか。あなたは返事をださなかった上に、もう忘れてしまったの？」

「道長？　そんな人知らないし……あーっ、思いだした！　釣瓶落としに襲われていた若君だ！　そういえばすごく立派な枇榔毛の牛車に乗ってた。本人はどう見ても元服したてのひよっこだったけど、そうか、右大臣家の牛車だったのね」

「釣瓶落とし？　妖怪の？」

うっかり煌子が口走った妖怪の名を、吉昌は聞き逃さなかった。

「え？　釣瓶落としってなにかしら？」

「とぼけるのが下手だねぇ」

ニヤリと笑って煌子の頬をつついたのは吉平だ。

「怒らないから正直に言いなさい」

「はい……」

晴明に笑顔で問いただされて、煌子はことの顛末をあらいざらい白状した。

「煌子が禊祓いを？」

「だってせっかくの満月だったし、お父様は天文観測でお忙しいだろうなって思ったの。すてきな綾織物ももらったし」

「元服したての子供から、もらうだけもらっておいて返事をださないなんて、我が妹ながらなんと罪作りな」

吉平は首を左右にふって、あきれ顔をする。

「だがこれはちょうどいい機会かもしれません。父上がご子息のために禊祓いをおこなうという口実で、東三条殿へまいりましょう」

「煌子、今すぐ返事を書いて、あらためて父がうかがうと伝えるのだ」

「えっ、いや、それは……」

「書きなさい」

「……はい」

煌子は不承不承うなずいた。

七

結局、道長あての返事は、宣子が代筆した。

いつものことである。

幸い、恋文への返事を女房や親などに代筆させて、つれない態度をとることが恋のかけひきとして定着しているため、代筆でも気を悪くされることはない。

しかし道長は何も事情を知らないので、「禊祓いをしてくれるのであれば、自分がそちらの邸にうかがう。姫ともまたお話ししたい」などとうかれた返事をよこした。

もちろん和歌つきで、藤の花をそえてある。

あわよくば、二、三回、簾ごしの会話を交わしたところで、晴明から結婚の許しをもらおうとでも目論んでいるのだろう。

「右大臣さまのご子息なんて、一生に一度あるかないかの良縁なんですけどねぇ。ああ、もったいない。こんな時じゃなかったら、ぜひ婿におむかえしたかったわ」

ブツブツ言いながらも、宣子はふたたび返事を代筆し、母が今、ひどい風邪で臥せっているので、うちでは禊祓いはできません、と、自分を病気にしてしまった。

もちろん仮病である。

道長は、しぶしぶ、「そういうことでしたら……」と、東三条殿での禊祓いに同意したのであった。

翌日の夕刻。

晴明は早速、御幣（ごへい）や祭壇、呪符、米など、必要なものを準備して牛車にのせた。

助手役として、吉平と吉昌も同行する。

「わたしも一緒に行くわ！　このままやられっぱなしで、ひきさがれるものですか」

「いやさすがに男装はもう無理だろう。残念ながらおまえは美しくなりすぎだ。それに道長さまに顔を知られているんだろう？」

吉平があきれ顔で反対するが、煌子は聞く耳をもたない。

「大丈夫よ、夜だし、顔なんか見えやしないわ。ね、お願い。そもそもわたしが紅式部に頼まれたのよ？」

「うーん、まあ、松明のそばに行かなければ何とかなる、かも？」

「ありがとう！」

「そうは言っても、また物の怪に取り憑かれるといけないから、私のそばをはなれないように」

「約束します」

神妙な顔で煌子が言うと、晴明も兄たちも、つい許してしまう。

「まったく殿はあいかわらず甘やかしすぎです」

宣子だけはあきれ顔である。

煌子は吉昌の狩衣を着込んだ。

長い黒髪は頭上に高く結い上げて、むりやり烏帽子の中につめこむ。

「ぎゅうぎゅうだわ。ちょっと切ろうかしら」

「絶対いけません！　髪は長ければ長いほど良いのです！」

「わかってます」

「とにかく道長さまに失礼のないようにするのですよ」

「はーい」

四人は牛車に乗りこむと、ふたたび東三条殿へむかった。


東三条殿では、道長が晴明たちを歓待してくれた。

「忙しいところを、まろのためにわざわざすまぬ」

なにせ煌子の父と兄たちが来てくれたので、すっかり舞いあがっている。

「姫はお元気であろうか？」

「はい。今日は邸で母親の看病をしております」

「まろの文に返事をくだされたこと、心より感謝感激しておる旨、なにとぞ姫によろしくお伝えくだされ」

道長は煌子から二度も文をもらって、うまくいっていると確信しているようだ。

道長に見つからぬよう、煌子は長身の吉平のかげにかくれる。

「それでは早速ですが、禊祓いの支度をさせていただきます」

「おお、頼むぞ」

広大な庭の南の端、つまり南院のすぐ近くに、御幣などを飾った祭壇をしつらえると、晴明は祭文を唱えはじめた。

何も知らない道長は、神妙な顔で祓いをうけている。

禊祓いの儀式が注目を集めている間に、煌子は少しはなれて、式神たちをよびだした。

「われに従う式神たちよ、白狐姫が命じる。本院および南院敷地内の呪具を必ず探しだせ。特に寝殿(しんでん)の床下と井戸は丹念に探すのだ。行け！　見つけた者には褒美をだすぞ！」

煌子は最大限の妖気を放出した。

菅公はもちろん、大天狗の常闇までもが、カラスの姿で飛んでいく。

「このまえは油断したけど、同じ失敗は二度としないわ」

悔しげにつぶやく。

「そこの柿好きのカラス！　今の季節は柿はないけど、甘い瓜(うり)をあげるからおまえも探しにお行き！　一緒にいるおまえもよ」

突然、黒佑たちにむかって煌子が笏をつきつけた。

「カ、カア？」

「今さら普通のカラスのふりなんかしないでいいから」

「やれやれ、年寄り使いの荒い姫さまじゃ」

「仕方がないですね」

黒佑と黒平も飛びたつ。

しばらくの後、菅公が縄で縛った土器（かわらけ）を小さな手に抱えて持って来た。

暗くてよく見えないが、何やら文字が書いてあるようだ。

「どこにあったの？」

「梅壺女御の寝所の床下だ」

「そうか、でかした。今夜は好きなだけ瓜を食べていいぞ」

煌子は菅公の頭をなでて、にこりと笑う。

禊祓いの儀式が終わるのを待ち、煌子は晴明に土器を見せた。

「どうも南院の方からただならぬ気配を感じましたので、念のため探索させたところ、このような物が南院の寝殿の床下からでてまいりました」

晴明は灯りの近くまで行き、土器を確認する。

「これは邪気をよび集める呪具だな」

「えっ、まさかまろを呪詛する者が⁉」

晴明のつぶやきを聞きつけて、道長が顔を青くした。

「呪詛されているのは道長さまではないと存じますが」

「わ、わかっておる。おおかた姉上が狙われているのであろう」

「はい。産み月まで放置していたら、大変なことになっていたかもしれませぬ」

「今すぐに父上に知らせねば！」

止める間もなく、道長はかけだしていった。

晴明たちが一度はしまいかけた祭壇をふたたび設置しなおしていると、ほどなく道長が息をきらしながら戻って来た。

「父上が、至急、呪詛の祓えをおこなえとのことだ」

「かしこまりました」

予想通りの指示に、晴明はうやうやしく頭をさげる。

「それから、呪物をこの目で見てしまったまろに、もう一度祓えを頼む。祓えが終わるまでは邸内に戻ってはならぬと、父上にきつく言われてしまったぞ……」

道長はしょんぼりと言った。

右大臣の対応は厳しいようだが、呪詛の悪質さを思えば当然である。

逆に、呪物の穢れにふれるのをふせぐため、右大臣家の人々は晴明たちに近づこうとしない。

これは煌子にとっては好都合だ。

晴明たちは呪物が発見された南院へと移動し、あらためて祭壇をしつらえ直した。

道長も一緒である。

「では、祓えをおこないます」

晴明は祭文を唱えはじめた。

土器から茶色っぽいどろどろした霧がたちのぼり、腐臭をはなつ。

やはり呪詛だったのだ。

茶色い霧は、うねり、もだえながら、晴明に喰らいつこうとする。

煌子はとっさに、右手に妖気を集め、いつでも狐火をはなてるように身構えた。

しかし晴明の身体からわきだす白く輝く光が、霧をはじき返す。

茶色い霧は三度ほど晴明の周囲をめぐると、あきらめたように、夜闇の中へまぎれこんでいった。

呪詛をかけた主のもとへ返っていったのだ。

それほど強力な抵抗をみせなかったということは、この呪詛を請け負ったのは、たいした術者ではなかったのかもしれない。

禊祓えを終えた後、晴明はさらに反閇と散供をおこない、神仏の祟りや霊鬼などへの対策もほどこす。

そしてもう一度、道長の穢れを祓った。

「あとはこの邪気を祓う呪符を、南院寝殿の中央の梁の上に置いてください」

晴明は道長に呪符をわたそうとした。

「なんだかまか不思議な文様よのう。これをまろが？」

陰陽師が使う、絵文字のような呪符を初めて見たのか、道長は受け取ろうとしない。

「これは七十二星鎮という家宅を守るまじないです。決してあやしいものではありません」

「そうかもしれぬが……」

さきほど穢れにふれたと叱られたばかりなので、道長は腰がひけているようだ。無理に渡すわけにもいかず、晴明は困り顔である。

煌子は兄たちのかげにかくれて様子をうかがっていたのだが、黙っておられず、一歩進みでた。

「若君。わたしがいなければ、あなたはあの夜、間違いなく釣瓶落としに喰い殺されていました。今さらおびえてどうするのです」

「その声は、もしや？」

道長ははっとして、男装の煌子を見た。

道長をうつす瞳は、金色に輝いている。

「そなた……」

「約束しましたよね？　他言無用と」

煌子は道長の耳もとでささやく。

「お、おお、わかった。梁の上だな！　まろにまかせておけ」

道長が急にやる気をだしたので、晴明はいぶかしげな表情になるが、煌子はしらじらしくそっぽをむいて知らんぷりした。

「この呪符を梁の上に置けば、この東三条殿南院は安全なものとなり、姉上も安産間違いなしなのだな?」

道長の問いに、晴明の顔がくもる。

「いえ、今はまだ、ただの前哨戦です。当日は何がおこるか、予想もつきません。そもそも女御さまが里帰りされる前に、このような呪物がないか確認したはずなのに、もうこのようなものが……」

「ううむ。一体誰が呪詛など。心当たりが多すぎるのう」

道長の答えに、煌子はふきだしそうになった。

心当たりが多すぎてわからないとは、さすが右大臣家である。

「今、こちらのお邸は、女御さまを警備する者や、身の周りの世話をする者など、大勢の人間でごったがえしています。その気になれば、邸内に潜入してふたたび呪具を置くなどたやすいことでしょう。とにかく、一番狙われやすい床下と井戸には常にお気をつけください」

「わ、わかった。毎日確認するよう、父上に伝えておく」

道長は青ざめた。

「そなたたち、姉上の出産の時も、来てくれるのであろうな？」

「もちろんです」

晴明は力強くうなずいた。

八

三日後、道長から煌子あてに文が届いた。

いつもの恋文のようだったので、煌子はさらっとななめ読みしていたのだが、終わりの方に、とんでもないことが書かれていた。

「お父様、大変！　寝殿の梁の上に置いた呪符が、あとかたもなく消えてしまったんですって。鼠の仕業であろうか、なんてのんきなことを書いてあるけど」

「敵方の者が持ち去ったのであろうな」

「邸内に敵の間者がまぎれこんでるってこと？」

「うむ。おそらくこちらの動きも筒抜けだ」

晴明は嘆息をもらした。

「どうするの？」

「御護（おんまもり）の呪符を届けさせるので、今度こそ鼠にとられぬよう、女御さまご在所の屋舎の四隅の柱に釘でしっかり打ちつけるようお伝えしてくれ」

「わかった。お母様に文を書いてもらうわね」

「しかし前哨戦でこれだと、出産の当日は大変なことになりますね。呪詛は当然、当日が一番狙われるでしょうから」

生真面目な吉昌が、深刻な表情で言う。

「帝にとっても最初の御子だ。陰陽寮の総力をあげてお守りせねばならぬ」

「はい」

いつもはひょうひょうとしている吉平も、さすがにこの時は真剣な表情でうなずいた。

ひと月もたたないうちに、その日はきた。

梅壺女御の陣痛が始まったので、急ぎ、東三条殿南院へ参集するようにとの知らせが届いたのだ。

多数の僧侶、修験者、そして陰陽師が安産を祈願する中、若い女御のうめき声がもれてくる。

庭では二十名の武官たちがずらりと並び、暗い雲が重くたれこめた夜空にむかって、弓の弦を鳴らしている。

煌子は以前も貴族の出産に同行したことがあるが、さすがに規模が違う。

産屋の調度品はすべて白で統一されており、女御用の御帳(みちょう)も白木である。女房たちもみな、白装束で女御のそば近くに待機している。

「大丈夫よね、呪詛も怨霊も来ないわよね？」

紅式部は緊張しきった表情で、煌子に尋ねた。

二人とも白装束である。

今回煌子は、ひそかに兼家の許しをもらい、女房の中にまぎれこんでいるのだ。

「こんなに大勢の僧侶や修験者、陰陽師が集まってるんですもの。大丈夫よ。もしも物の怪が憑坐(よりまし)にとりついて暴れようとしても、即座に修験者が調伏することになってるから安心して」

なんと今回は、憑坐が五人も用意されているのである。

「そ、そうよね……」

青ざめた顔をしていた紅式部が、急ににたりと笑う。

「そうでもないぞ」

急に紅式部の声がかわった。

すっくと立ち上がる。

「待って！　あなた、紅姫じゃないわね？」

煌子は紅式部の手をつかんだ。

焦って名前を言い間違えたが、それどころではない。

この声は、弘徽殿女御の生き霊である。

「ふふ……」

紅式部の唇が不気味な笑みをたたえた。

憑坐が五人もいるのに、なぜか紅式部に取り憑いたらしい。

「あの小娘に、帝の御子など産ませてなるものか」

いきなり紅式部がわめきちらしたので、周囲の女房たちはぎょっとした。

「どうしたの!?」

「物の怪です！　邪気が憑依したんです！」

「えっ!?」

煌子の言葉に、騒然となる。

「憎い、悔しい、悔しい、憎い。あの女も腹の子も、死んでしまえばいい」

紅式部に憑依した物の怪が、ずるりずるりと長い袴をひきずりながら、女御のいる白木の御帳にむかって歩きだした。

「だめっ！」

煌子は紅式部の腰に後ろから抱きつく。

他の女房たちもはっとして、紅式部を取り押さえようとした。

修験者たちも走ってきて、調伏しようと、大声で何やら唱えはじめる。

「はなせ……おのれ……クッ……」

数人がかりで押さえつけられていた紅式部は、急にガクリと倒れこんだ。

「紅式部!?」

煌子が紅式部の肩をゆさぶると、うっすらと目をあけた。

「え、わたし……何を……？」

「正気に戻ったのね！」

煌子がほっとしたのもつかのま、今度は年かさの女房が、奇声を発して走りはじめたのである。

九

「キエエエエッ、憎い、憎いぞっ」

年かさの女房は、白髪頭をふり乱しながら走り、叫ぶ。

憑依先がかわったのだ。

「こんなことができるとは……！」

煌子は憑依された女房の背後にまわり、はがいじめにしようとした。

しかし女房はとんでもない怪力で煌子の腕をつかみ、投げ飛ばそうとしてくる。

「ウッッ」

煌子は全体重をかけて、抵抗した。

ところが、女房は突然、白目をむいたかと思うと、膝からへなへなとくずおれて、床につっぷしてしまう。

「また移動したのか！　今度はどこへ!?」

あたりを見回すと、袈裟姿の僧侶が、すのこの縁側を走っていくのが見えた。

「男にも憑依するのか！」

煌子も僧侶の後を追ってかけだすが、勘違いした他の女房に、「今度はそなたが取り憑かれたな！」と、袖をつかまれる始末だ。

あちこちで取っ組み合いがはじまり、大混乱である。

だがやはり、さきほどの僧侶に憑依していたのだろう。

僧侶は縁側の手すりを乗り越えると、はだしのまま庭にとびおりた。

地面にしゃがみ、手で何やら書いていたかと思うと、すっくと立ち上がり、暗雲がたれこめる天にむかって、数珠を握った両腕をひろげる。

「こちらじゃ、こちらじゃ、みな、こちらへまいれ！　欲望にまみれた人間どもの生気を吸い、肉を喰らい尽くせ！」

僧侶の声が合図となったのか、暗い雲がパカリと裂け、何か白いものがポロリと落ちてきた。

巨大な骸骨だ。

続いては一本角の小鬼、痩せこけているのに腹だけがふくらんだ餓鬼（がき）、半透明の怨霊、巨大な土蜘蛛（つちぐも）などが、真っ黒な雲の裂け目から、うじゃうじゃと這い出してくる。

まるで傷口にわいたウジ虫のようだ。

「な、なんだこれは……!?」

さすがの煌子も、呆然として立ちつくした。

晴明が入念に反閇をおこない、土地を鎮めたが、まさか天から魑魅魍魎（ちみもうりょう）がおりてくるとは予想もしていなかったのだ。

数百、数千という大量のあやかしたちは、うごめき、わめきながら黒雲にのり、地上をめざしておりてくる。

四隅に打ちつけた御護の呪符だけで、この大量の魑魅魍魎を防げるのだろうか。

「百鬼夜行（ひゃっきやこう）だ！」

誰かが叫んだ。

女房たちはみな悲鳴をあげて逃げ惑い、もはや誰が邪気に取り憑かれているのかまったく判別がつかない。

「もうあのように近くに！」

「読経を絶やすな！」

「し、しかし逃げた方が良いのでは」

さきほどまで大音量で響き渡っていた読経や呪文を唱える声はすっかり小さくなり、うろたえ騒ぐ声と、かけまわる足音ばかりが聞こえてくる。

線香の煙に瘴気の腐臭がまじり、煌子も目の前が霞んでクラクラする。

「うぉぉぉぉ」

雄叫びをあげながら、ひとり、百鬼夜行にむかって矢を放った長身の武者がいた。

ヒュッと音を立てて飛んだ矢は見事、小鬼の額に的中し、射ぬく。

「姫、大事ござらぬか!?」

煌子にかけよってきたのは、渡辺綱だった。

十

綱も邪気を祓う弦打(つるう)ちのために、南院によばれていたのだ。

ただし他の武者たちはみな、百鬼夜行を見て、蜘蛛の子を散らすように逃げだしてしまったが。

「それは破邪の矢か？」

「はい。お気をつけください。目くらましかと思いましたが、やつら、実体がありますぞ」

綱の言葉に煌子ははっとした。

「そうか！　よくやった、綱！」

「は？」

煌子は綱にうなずくと、百鬼夜行をにらみつけた。

「ここのところ怨霊たちに振り回されていたが、実体のある鬼や妖怪を恐れる必要はない。わたしは無敵だからな」

大きく息を吸うと、不敵な笑みをうかべる。

魑魅魍魎たちも煌子の発する強大な妖気に気づいたのか、舌なめずりしながら殺到してきた。

（あそこにひときわ旨そうな娘がいるぞ）

（あの輝く妖気、たまらぬな……！）

「あやかしどもよ、わたしに従え！　命だけは助けてやるぞ」

煌子が声を張ると、あやかしたちは一斉にあざけりの笑い声をたてる。

（ちっぽけな人間が何かわめいているぞ）

（聞こえないなぁ）

「せっかく警告してやったのに。数が頼りの有象無象（うぞうむぞう）どもめ、晴明の娘をなめるなよ……！」

煌子は妖力をすべて解放した。

長い黒髪は白銀につやめき、瞳は金色に輝く。

大きな耳と長い尻尾が風をうけてふさふさとゆれる。

（な、なんだ、あの姿は……）

（妖狐か？）

あやかしたちはとまどうが、もう遅かった。

煌子は懐から羽団扇をとりだして、両手で握り、頭上に高々とふりかざす。

「愚かなあやかしどもめ、一匹残らず吹き飛んでしまえ！」

ザッ、と、勢いよく振りおろす。

ゴオオオッ、と、轟音をたてて、台風のような暴風が吹いてきた。

木々の枝葉が激しく揺れ、池に波がたち、水しぶきが飛び散る。

煌子が全力でよんだ暴風は、鬼も妖怪も、木の葉のようにグルグルとまき上げ、吹き飛ばした。

雨雲までが吹き飛ばされ、星がまたたいている。

すさまじい威力のおかげでだいぶすっきりしたが、それでも数十にのぼる怨霊たちが残っていた。

実体がないものは吹き飛ばせないのだ。

（おれたちにはきかないよ……）

（さあ、そのみなぎる生気を吸わせておくれ……）

（一滴残らず吸い尽くしてやるよ……クックックッ）

半透明の姿をもつ怨霊たちは、ゆらり、ゆらりと煌子に近づいてくる。

綱が立て続けに破邪の矢を射るが、むなしくすりぬけていくだけだ。

「脱出するか？」

大きな二つの黒い翼で煌子を抱えこんだのは、大天狗の常闇だった。

「だめだ。わたしは女御さまをお守りしないと。紅式部に頼まれたんだ」

煌子は黒い翼をそっと押しのける。

「梅壺女御をどうやって守るのだ、晴明の娘よ?」

百鬼夜行をよびだした僧侶が、カラカラと高笑いしている。

「弘徽殿女御はまだあいつに取り憑いているのか」

煌子はチッといらだたしげに舌打ちした。

「狐火で邪気を焼くなら、人間に取り憑いている今が好機だぞ」

常闇が煌子にささやく。

「そうだ、そうだ。さっさと倒してしまわないと、また何かよびだすかもしれないぞ」

竹筒から小さな顔をだして、菅公も言う。

「取り憑かれている人を巻き添えにするわけにはいかない」

「そんなこと言ってる場合か」

常闇も菅公もあきれ顔である。

「しかたないだろう、お父様の教えはなるべく守らないと」

煌子は呼吸をととのえると、手で九字を切り、あらためて祟りを祓う呪文を唱えはじめた。

（お……おおお……）

（くるし……）

「怨霊どもよ、みな、土の下へかえるがいい。唵々如律令！」

煌子の全身から白い光がほとばしる。

（ヒアアアアアッ）

（ギャアアアッ）

あちこちから悲鳴があがり、怨霊たちがジュッと音をたてて溶けていく。

「ほほう、晴明の娘よ、このひと月、毎日呪文の研鑽をつんできた甲斐があったものよのう、いや見事、見事」

「なぜ知っている⁉」

煌子ははっとして、青白い僧侶の顔をまじまじと見た。

見覚えのない顔だ。

しかし、何かひっかかる。

「おまえ……憑依されていないな」

「ようやく気づいたか」

「何のために、百鬼夜行をよびだした。女御さまのお産を妨害するよう、誰かに頼まれたのか」

「さて…………」

僧侶は不気味な笑みをうかべるだけで、煌子の問いに答えない。

そもそも若いのか、年寄りなのかもわからない。

人間だ。

妖力は感じない。

だが何か、底知れぬまがまがしい呪力のようなものをまとっている。

そもそも僧侶のような袈裟をかけているからといって、本当に僧侶なのだろうか。

「おまえは一体……」

煌子は無意識のうちに、汗ばむ右手をぎゅっと握りしめていた。

「その男は、道満だ」

答えたのは、いつの間にか煌子の背後に立っていた晴明だった。

十一

「お父様、この男をご存じなのですか!?」

煌子が驚いて尋ねると、晴明はうなずいた。

「昔からよく知っている。かつてこの道満も、大学寮の文章生（もんじょうしょう）として陰陽道を学んでいたことがあったのだ。今や呪詛の達人として名をとどろかせる法師陰陽師だが」

「法師陰陽師……！」

高額の報酬とひきかえに、呪詛を請け負う闇の陰陽師。

煌子は、ごくり、と、唾をのみこんだ。

「久しいな、晴明。ようやくおでましか」

道満とよばれた男は、あやしい炎をたたえた昏い目を晴明にむけた。

「おれはすっかり老い、衰えたというのに、おまえはかわらず若く美しいな。妖狐の血か」

「おまえは自分の生命力を呪術についやしすぎだ」

「否定はせん」

「娘には手をだすな。用があるのは私だろう」

「あいにくだな。今やおれが興味を抱くのはおまえではない。おまえの娘、煌子だ」

道満が煌子の名を口にすると、晴明の眉がくもる。

「どこで娘の名を。……そういえば、このところ、たびたびおまえの気配を感じることがあった。さしずめあのカラスあたりか」

晴明がちらりと視線を送ったのは、黒平だった。

「ああ、時折あやつの目を借りて、娘の様子を見物していた。半妖でありながら陰陽道の術を使いこなし、都の妖怪の大半を従える白狐姫。今夜も百鬼夜行をひとりでなぎ払いおった。実に痛快だ」

「さては百鬼夜行をよんだのはおまえか」

「ちょっとした余興だ。面白かっただろう?」

道満は口ではカラカラと笑ってみせるが、その目はまったく笑っていない。

「なんならもう一度よんでやろうか? 百鬼夜行」

道満は両腕を天にむかってつきだす。

「無駄だ！　何度よぼうと、すべてわたしがなぎ払う」

煌子が羽団扇をふりかざすと、道満は煌子の手首めがけて長い数珠をビュッと打ちつけた。

羽団扇は煌子の手をはなれ、ぐるぐる舞うと、道満の手におさまる。

「あっ！」

煌子は羽団扇を取り返そうとして、慌てて右手をのばした。

だが道満に手首をつかまれ、ねじりあげられてしまう。

「クッ」

「煌子！」

晴明がかけよろうとする。

「それ以上近づくと、手首を折るぞ。そこの大天狗と武者も動くな」

常闇と綱が煌子を助けようとしたのを、道満は見逃さなかった。

「手首の一本や二本、どうってことな……」

強がりを言った煌子だが、つかまれた手首を強くねじりあげられ、苦痛に顔をゆがめる。

「よせ！」

晴明が鋭く言う。

「さすがの安倍晴明も娘はかわいいか」

「私の命などいくらでもくれてやる。娘をはなせ」

「お父様、だめ……！」

煌子はねじりあげられた右手に狐火を集めようとするが、うまくいかない。

「さきほど怨霊どもを浄化するのにずいぶん力をつかったから、しばらくは狐火など打てぬよ」

「百鬼夜行をよんだのはそのためか……」

煌子はギュッと奥歯をかみしめる。

「さて、晴明よ。その涼しい顔がいつまで続くかな」

道満はあいた方の手で、パチンと指をならした。

池から這い上がってきたぬるりとした妖怪が、晴明の首に手をかける。

腐りかけた池の底の汚泥の臭いが、晴明を取り巻く。

妖怪の手が晴明の首をぐいぐいと絞め上げるが、晴明はピクリとも動かない。

「お父様……！」

煌子は泣きそうな声で叫ぶ。

自分が足手まといになって晴明が命を落とすなど、絶対にあってはならぬことだ。

手首が折れても死にはしない。

「菅公！」

煌子が叫んだ瞬間、竹筒からとびだした小さな菅公は、道満の手に前歯でくらいついた。

「ウッ！」

道満の目が菅公にむかった一瞬の隙をついて、煌子は左手に狐火を集め、道満の脇腹にむかって打ちこんだ。

「グフッ」

至近距離から狐火を打ちこまれ、さすがの道満も後ろにはねとばされる。

肋骨の一本や二本は折れたはずだ。

道満の身体が煌子からはなれたのを見て、綱が立て続けに破邪の矢をはなった。

しかし道満が右のてのひらをむけた瞬間、矢ははじき返されてしまう。

「狐火を打つ妖力を残していたのか」

脇腹をおさえる道満の左手から血がしたたりおちる。

「どんなに不利な戦いでも、必ず一発分の力は残しておけって、師匠に厳しく言われてるの」

「ほう」

「というわけで、降参しないか？　わたしに従うと約束するなら、命まではとらない」

「ずいぶん甘いな。それも師匠とやらの教えか？」

「むやみに命をとるな、というのはお父様の教えだ」

「晴明か」

「でもわたしに従うのを拒否するなら、遠慮無く倒させてもらう」

「どうやって倒す？　狐火の最後の一発はもう使い果たした。式神たちをよび集める力ももう残っておらぬだろう」

道満は煌子をせせら笑う。

「綱！」

煌子がのばした左手に、綱が太刀をさしだした。

「酒呑童子の太刀だ。なかなかの切れ味だぞ。いつもは妖怪を斬っているのだが、人も斬れぬことはあるまい」

煌子は太刀を両手で握ると、一気にふりおろす。

だが道満はあやういところで切っ先をかわし、跳び上がる。

道満にねじり上げられて痛めた右手首に力が入らず、切っ先がにぶったのだ。

二度、三度と太刀をふりおろすが、道満は脇腹から血をだらだら流しながらも俊敏に逃げ回り、なかなかとらえられない。

「そろそろ潮時だな」

道満は東の空の色を確認して、ハッ、と、高く跳び上がった。

十二

「どこへ行った!?」

夜の闇に溶けてしまったかのごとく姿が消えた道満を求め、煌子はあたりを見回す。

「晴明の娘よ、今夜のところはここまでにしておこう」

松の枝にとまる黒平の口から、道満の声がする。

「逃げるのか！」

「晴明の娘よ、その母親譲りのたくましさは好もしいが、そろそろ晴明が死ぬぞ」

「えっ!?」

煌子ははっとして、晴明にかけよった。

「お父様!?」

道満が池からよびだした、ぬめぬめと這う蛇のような妖怪に晴明は巻きつかれていた。

足もとから頭まで、おそらく百匹近くはいるだろう。

普通の人間ならとっくに身体中の骨を砕かれて死んでいるところだ。

晴明は白く輝く気で自分をおおい、身を守っている。

「お父様、大丈夫!?」

煌子が声をかけるが、返事はない。

「十二神将の名において、安倍晴明の娘が命ず」

煌子は呪文を唱えながら、晴明の顔のあたりに巻きつく妖怪たちを力任せにひきはがしていった。

青ざめた晴明の顔は、氷のように冷え切っている。

「綱、頼む！」

煌子が太刀を返すと、綱は、晴明を傷つけぬように、妖怪だけを切り裂いていった。

「お父様、しっかりして！」

煌子が晴明の背中を強くたたくと、晴明は、ガホッ、と、大量の水を吐き出した。

うっすらと目をあける。

「お父様！」

「……おまえが無事でよかった……」

「お父様こそ！」

煌子はいつものように晴明の首に抱きついた。

「道満は？」

「逃げられました。だいぶ出血していたから、しばらくはおとなしくしているはずです」

「そうか……」

晴明はかがり火に照らしだされた南院を見た。

百鬼夜行は煌子が殲滅したにもかかわらず、邸内からはまだ悲鳴や駆け回る音が聞こえ、混乱が続いているようだ。

「まだ何かいるのか?」

晴明の問いに煌子ははっとした。

「もしかしたら、弘徽殿女御さまがまた誰かに取り憑いて、暴れているのかも」

てっきり僧侶に取り憑いたのだと思って煌子はここまで追ってきたが、ちがっていた。

ということは、誰か別の人に取り憑いているに違いない。

梅壺女御の出産を妨害するために。

「道満に気をとられている間に、梅壺女御さまが襲われたかもしれません……!」

「なるほど、こちらは陽動だったのか。道満はおまえをここで足止めするために、百鬼夜行をよんだのだな」

晴明は顔のぬめりをぬぐいながら言う。

道満の目的は、煌子と戦うことではなく、あくまで出産の妨害だったのだ。

「しまった……」

煌子は愕然としてよろめき、晴明にすがりつく。

「お父様、どうしましょう!? わたし、まんまと道満の策にはまってしまいました」

「落ち着きなさい」

おろおろと取り乱す煌子の鼓膜を、晴明の凜とした声がたたいた。

「産屋は吉平と吉昌が守っているから大丈夫だ。兄たちを信じなさい」

「は、はい」

「私たちは物の怪を止めに行くぞ」

晴明はすっくと立ち上がった。

十三

煌子は黒髪の姿に戻ると、晴明とともに邸内に戻った。

弘徽殿女御が取り憑いた人を捜し、止めるためだ。

だが広い邸内では、大声をあげている人や走っている人が何人もおり、誰が取り憑かれているのか、一見しただけではわからない。

「こういう時は、逆に目を閉じて気配をたどった方がいい」

晴明はそう言うと、実際に目を閉じた。

煌子も晴明にならって目を閉じるが、道満にしてやられたという悔しさや焦りが胸の中で渦巻いていて、さっぱり集中できない。

「こちらだ」

晴明はパッと目を開き、歩きはじめた。

煌子もその後ろをついていく。

「手をはなせ……そこを通すのだ……!」

ほどなく、女性の金切り声が聞こえてきた。

弘徽殿女御の声に似ている気がする。

しかも産屋のある方だ。

「お父様、今の声はもしや……」

「うむ」

二人が足早に産屋へむかうと、白い几帳をめぐらした前で、兄たちが二人がかりで若い女房を取り押さえていた。

「あの小娘に帝の御子を産ませてなるものか……！」

産屋へ乱入しようとしている若い女房は、怒りと呪いに満ちた声をあげる。

「……紅式部!?」

煌子は驚いて目をみはった。

どうやらふたたび憑依されたらしい。

「やめて、紅式部、いえ、弘徽殿女御さま！」

「またおまえか……！」

憎悪に燃えたぎる瞳。

間違いなく憑依されている。

紅式部はもともと霊感が強いせいか、どうも弘徽殿女御と波長があうらしい。

「気をたしかに！」

煌子は紅式部をぎゅっと抱きしめた。

だが紅式部は激しく暴れ、煌子たちをふりきって産屋へ入ろうとする。

「しっかり押さえていなさい」

そう言うと、晴明は呪文を唱えはじめた。

「おのれ、陰陽師め！」

紅式部は激しく抵抗するが、三人で必死に押さえつける。

晴明の身体から青白い光が立ちのぼった。

「物の怪の動きを封ず。一切の動きを止めよ」

青白い光が平帯のようにぐるぐると紅式部の身体に巻きつき、ぎゅっと締めつける。

「ぐっ……！」

紅式部は急に動かなくなると、目を閉じ、がっくりとうなだれた。

「えっ、紅式部、大丈夫……？」

煌子は驚いて紅式部に尋ねるが、返事はない。

「お父様、これはまさか……？」

「眠らせただけだ。安心しなさい」

晴明の答えに、煌子はほっとした。

「ただし効き目はそう長くない。一刻もたたぬうちに目覚めてしまうだろう」

「では今のうちに、塗籠（ぬりごめ）にでも閉じ込めてしまいますか？」

首筋の汗をぬぐいながら吉昌が尋ねる。

「いや、いくら厳重にこの身体を閉じ込めても、邪気は抜けだして、また他の人間に取り憑くだけだ」

「ではどうしたら……」

「お父様、わたしが弘徽殿女御さまを送っていきます」

煌子は紅式部の身体をしっかりと抱えなおした。

「うむ、それが良いだろう」

「おれが牛車まで連れて行こうか？」

吉平が手をのばすが、煌子は首を左右にふる。

「ありがとう、お兄様。でも大丈夫よ」

煌子はにこりとほほえむ。

「常闇！　来て！」

煌子によばれて、カラスの姿になった常闇がすべるように飛んできた。

「わたしと紅式部と、二人いっぺんに抱えて飛んで！」

煌子の命令に、常闇はもとの大天狗の姿に戻った。

大きな黒い翼に、吉平と吉昌はぎょっとして、後じさる。

「二人いっぺんにか……」

「いつもの二倍、干し棗をあげるから」

「その女はおまえがしっかり捕まえておけ。落としても知らんぞ」

言い終わらぬうちに、常闇は二人を抱えて、庭からとびたった。

あっという間に、広大な東三条殿が小さくなる。

「邸へ帰るのか？」

「内裏へ飛んでちょうだい」

「内裏……？」

常闇は黒い目をしばたたくが、真っ直ぐに内裏を目指して飛びはじめた。

十四

大天狗の力強い翼のおかげで、ほどなく大内裏の上空へと到着した。

夜間は大内裏のすべての門が閉ざされているが、上空からはやすやすと入り込める。

数多くの建物が並び、午前中は大勢の官人たちでごったがえす大内裏だが、この時間に残っているのは、少数の宿直当番だけだ。

交代で天文観測をおこなう陰陽寮も、今夜はほとんどの陰陽師が東三条殿南院へかりだされているので、閑散としていることだろう。

大内裏の最奥にある内裏が見えてきた。

内裏は帝が政務をとり、儀式をおこない、かつ、住居でもある区画だ。

住み込みの女官や従者も多いため、あかあかとかがり火がたかれている。

この内裏にならぶ建物のどれかが弘徽殿で、魂が抜けた女御の身体もあるはずだ。

しかし似たような建物ばかりで、どれが弘徽殿なのか、上からは見分けがつかない。

「どうしたものかな……」

煌子に判別できるのは、広い庭に面した紫宸殿（ししんでん）と、その北西にある縦長の清涼殿だけだ。

煌子はかつて一度だけ、五節の舞姫として、清涼殿に足を踏み入れたことがある。

あの時も紅姫とよばれていた頃の紅式部と一緒だったが、まさかこんな形で清涼殿を再訪することになろうとは。

「ここにおろして」

煌子は清涼殿の端の、ふきさらしになっている広廂(ひろびさし)に常闇に着地させた。

「な、なんじゃここは！　帝のおわす清涼殿ではないか！」

呪文で封じられていた物の怪が騒ぎたてる。

一刻もたないという晴明の言葉どおり、早くも目をさましたようだ。

飛行中に暴れたり騒いだりされたら危ないところだった。

「はい。女御さまがなかなかお帰りくださらないので、僭越(せんえつ)ながら、送り届けました」

「なんと無礼な！」

二人、特に女御の大声が響いたのだろう。

警備の者たちがかけこんでくる。

「このような夜遅くに何者だ！」

「こちらは弘徽殿女御さまです。帝のお召しにより、これから寝所へお連れするところです」

煌子はすました顔で答えた。

「えっ!?」

警備の者たちは顔を見合わせる。

彼らはそもそも女御の顔を見たことがないので、本物か否かの判断がつかないのだろう。

しかも帝の寝所である夜御殿(よるのおとど)は、すぐ近くである。

「ど、どうする?」

「いや、女御さまがこんな時間に出歩かれているはずが……」

「でも帝のお召しなら……」

ひたすらとまどっているようだ。

「そなたら、無礼であろう」

声だけは女御本人なので、威厳がある。

「その声は遵子(のぶこ)か?」

やんごとなき声が聞こえてきて、煌子ははっとした。

たしかに五年前に聞いた、帝の声だ。

煌子と紅式部は慌ててその場にひれ伏した。

「さきほど夢枕に、中宮が立ったのだ。東広廂にそなたがいるから、迎えにいってやれと」

帝は女御が取り憑いた紅式部にむかって言った。

薄暗い中でひれ伏し、まったく顔が見えないため、別人だと気がついていないようだ。

「恐れ多いことでございます……」

今にも消え入りそうな小さな声で、弘徽殿女御は言う。

煌子がこっそりと、少しだけ視線をあげると、帝の横に、堀河中宮の半透明の姿が白く光っていた。

意外にも、とても穏やかな表情をしている。

「そして中宮は、不思議なことを申した。次の中宮にはそちを立てよと」

「えっ!?」

「梅壺女御は皇子を産み、将来、国母(こくも)となるであろうから、中宮にはそなたを、と。妙な夢よのう」

「堀河中宮さま……」

弘徽殿女御は顔を伏せたまま、はらはらと泣きだした。

かと思うと、すーっと目を閉じ、気配が消えてしまう。

「えっ?」

はっとしたように顔をあげたのは、紅式部だった。

「ここはどこ!?　えっ、煌子さま!?　お産はどうなったの!?」

「戻って来られたのね、紅式部！　良かった～」

煌子はほっとして、帝の御前であることも忘れ、紅式部に抱きついた。

「あなた、物の怪に取り憑かれていたのよ！　もうどうなることかと思ったわ！」

「えっ、物の怪って、どういうこと!?」

「余にもわかるように説明してもらえるかな」

帝の声に、煌子ははっとした。

そうだ、ここは清涼殿で、帝の御前だったのだ。

「あ、あの……」

「そなたのとびぬけて美しい顔には見覚えがあるぞ。五年前の五節の舞姫であろう?　晴明の娘の」

「は、はいっ」

煌子は恐縮して、額が床にぶつかりそうなくらい頭をさげる。

「そして、そなたは女御ではないな」

「……………はい。梅壺女御さまの女房で、紅式部と申します」

「それで二人とも白装束なのか。女御は産気づいたのか？」

「はい」

こうなっては正直に話すしかない。

「その、実は、弘徽殿女御さまの生き霊がこの紅式部に取り憑きまして、産屋に入れろとお騒ぎになりましたので、こちらにお送り申し上げました」

煌子はいろいろと省略し、ごくおおざっぱに説明した。

「なるほど、最近どうも、ぼんやりとうつろな表情をしていることが多いと感じてはいたが、やはりそういうことであったか」

生き霊が取り憑いたと聞かされて、もっと驚くかと思ったが、意外にも帝は落ち着いていた。

内裏ではこういうことがよくあるのかもしれない。

「おそらくご本人も無意識のうちに、魂がさまよい出ておられたのでしょう。どうぞ責めないで差し上げてください」

「わかった」

帝はうなずいて、ふと、昔をなつかしむような目をした。

「だが、どうせあらわれるのなら……」

堀河中宮の霊が、さびしそうな笑みをうかべる。

「もしかして、堀河中宮さまに会いたいとおのぞみですか？」

「ふふ」

若い帝はかすかにほほえむ。

すぐ隣に立っているのに、半透明の姿は見えないのだ。

「死者の招魂を得意とする陰陽師がいると聞いて、ひそかに術をおこなわせたのだが、どうやら失敗したようだ。もとよりそのような術を信じていたわけではないのだが……」

「……そのような術など使わずとも、中宮さまはきっと、帝のおそばにおられます。夢枕に立たれたのがその証拠です」

「うむ」

帝は寂しそうにほほえんだ。

「それで、東三条殿の方はどうなっているのだ？」

「もうまもなくお生まれだと存じます」

「そうか」

帝の顔がぱっと明るくなる。

「よく知らせてくれた。急いで使いの者をだして、様子を尋ねさせるとしよう。蔵人頭をよべ」

帝は足早に立ち去った。

だが、堀河中宮の淡い影はまだ残っている。

「あの……」

（苦労をかけましたね。もう大丈夫です。そろそろ皇子が誕生している頃でしょう）

「皇子さまが」

（わたくしが産むはずだった未来の東宮を、梅壺女御が産んでくれました）

「堀河中宮さま、もしかして、梅壺女御さまと皇子さまを守っておられたのですか？」

（たいしたことはできませんでしたが。帝が幼い頃、母である太皇太后さまは、出産がもとで命を落とされています。それで、帝はずっと梅壺女御の身を案じておられました。それに、なかなか子ができぬ弘徽殿女御の苦しい胸のうちも、わたくしにはよくわかりますから……。でも、もう、安心して成仏できそうです。帝とはまた来世でお目にかかることにしましょう）

優しくほほえむと、中宮の白い影は消えていったのだった。

十五

帝の姿が見えなくなると、煌子と紅式部は清涼殿から追い出された。

内裏から出るため、承明門にむかって、広い庭を二人でとぼとぼ歩く。

「ありがとう。煌子さまに助けられたの、これで二度目ね」

紅式部の言葉に、煌子は首をかしげた。

「二度目？」

「五年前、大江山で酒呑童子から助けてくれたでしょう？」

「あれは頼光さまが率いた武者たちが……」

「あなたが夜中に一人で寺の外に出て行ったの、みんな気づいてたわよ」

「えっ!?」

「いくら舞の特訓でへとへとだったからって、あんな状況で眠れるわけないじゃない。しかもあなたは晴明の娘だし。何かしてくれたんだろうなって、みんな察してたわ」

寝息を確認したつもりだったのだが、みな、眠ったふりをしていたのだろうか。

「……誤解だから！　用をたしに出て、迷っただけよ！」

煌子は必死で言い訳をするが、紅式部に鼻で笑われてしまった。

「まあ、そういうことにしておいてあげてもいいわよ」

煌子は答えに窮して、目を白黒させる。

「ところで、わたしは東三条殿の南院へ帰らないといけないんだけど、牛車はどこに待たせてるのかしら？」

「父の牛車は東三条殿の南院よ」

「えっ!? じゃあどうやって内裏まで来たの？」

「ええと……」

大天狗に抱えてもらって清涼殿まで飛んできた、とは言えない。

「とにかく内裏も大内裏も牛車の乗り入れ禁止だし、頑張って歩きましょう」

「はあ？」

「五節舞の特訓で足腰を鍛えたわたしたちなら、東三条殿まで歩くくらいなんとかなるわ」

「そんなぁ」

紅式部の悲痛な叫びが、広い庭にひびきわたったのであった。

夜が明ける頃、よれよれになりながら二人は東三条殿南院にたどりついた。

「やっぱり女房の装束って、歩くのに向いてないわね。外出は物詣の格好に限るわ」

煌子の愚痴に、紅式部も同意する。

「まったくだわ。いつか一緒に、石清水八幡宮にでも参詣しましょう」

「いいわね。青姫さまと黒姫さまもお誘いして。紅式部はお休みってもらえるの？」

「典子」

「え？」

「わたしの名前。典子よ」

「いいの？」

「わたしたちの仲じゃない」

「そうね、典子さま」

煌子は珍しく、はにかんだような笑みをうかべる。

「じゃあまた。おつとめ頑張ってね」

朝の陽射しをうけて輝く東中門の前で、二人は別れた。

煌子は門をくぐることなく、晴明の牛車にころがりこむ。

道満との死闘で力を使い果たした後での徹夜の徒歩は、さすがにこたえた。

紅式部は一度自分の局に戻り、乱れた髪や装束を整え直してから、女房としての仕事に戻るのだろう。

「煌子、大丈夫か？」

「だめです……」

ここちよい牛車の揺れが眠りをさそう。

煌子はいつしか父の肩に頭をあずけて、すやすやと寝息をたてていたのだった。

十六

汗ばむ暑さに煌子が目をさますと、すでに昼近い時間だった。

夏の陽射しがひどくまぶしい。

いつ帰宅したのか、まったく記憶にないが、兄たちが牛車からおろしてくれたのだろうか。

「やっと起きたの？　もうみんな帰ってくる頃だから、食事の支度を手伝って」

宣子によると、晴明と兄たちは仮眠も取らず、陰陽寮に出仕したのだそうだ。

「そういえば、梅壺女御さまのお産はどうなったのかしら？」

「無事に男皇子（おのこみこ）を出産されたそうですよ」

「やっぱり男児だったんだ」

堀河中宮の予言的中である。

死霊といえば悪い印象しかなかったが、そうでない死霊もいるのだな、と、今さらながら煌子はしみじみと思い直す。

宣子の言った通り、ほどなく晴明と兄たちが邸に帰ってきた。

「煌子、ひょっとして、帝にお目にかかったのか!?」

いきなり晴明に問われる。

「えっ?」

「帝よりお召しがあって、内侍としての出仕を再考せよとのお言葉があった」

「ええっ!?」

煌子の眠気はいっきにふきとんだ。

「たしかに偶然、清涼殿でお目にかかったけど、どうしてそんな話に……」

食事をとりながら、煌子は清涼殿でのいきさつを説明した。

「というわけで、堀河中宮さまを陰陽師に招魂させたのは、帝だったの」

「呪詛とは関係なかったのか……。それで、招魂をおこなった陰陽師の名は仰せになったか?」

「いいえ」

「招魂も道満でしょうか?」

吉昌の問いに、晴明はうなずく。

「おそらくな」

「お父様は、道満が大学寮の文章生だった頃から知っているんですよね？」

煌子の問いに、宣子の手が止まった。

「道満というのは、もしかして殿の友人だった……」

「ああ。満充(みちみつ)だ。あの男は、秀才、いや、鬼才といってもいい。とにかく優秀で、おそろしく頭の切れる陰陽道の申し子だった。ただ天文が好きで、陰陽寮を志した凡人の私とは雲泥(うんでい)の差だったよ。だが満充は、優秀すぎて妬まれたことや、後ろ盾となるべき親族が早逝してしまったこと、他にもいろんなことがあって、都から姿を消してしまった」

いろんなこと、と、晴明は言葉をにごした。

煌子や息子たちには言えない、あるいは言いたくないようなことがあったのだろう。

「何年かたち、道満という法師陰陽師の名を聞くようになった。高額の対価とひきかえに、どのような呪詛もおこなうという、黒い噂とともに。昨夜、東三条殿南院にあらわれたのも、梅壺女御の出産を妨害するようにと頼まれてのことだろう」

「依頼者は弘徽殿女御の父である関白さまあたりでしょうか？」

「それはわからぬ。しかし道満は、女御の生き霊があらわれることを知っていて、利用しようとしていた。もしかしたら、生き霊は偶然あらわれたのではなく、道満がよびよせたのかもしれぬ。道満はわれわれ、陰陽寮の陰陽師には知りえぬ、怨霊をあやつる術のようなものを会得したのかもしれない」

「本来、陰陽師は怨霊に対しては何もできませんが、法師陰陽師は仏僧が本業ですからね。霊に関与する力が強いのかもしれません。もしも自在に悪霊をよびだせるとしたら、とんでもないことができそうです」

吉昌が眉をひそめる。

「昨夜はすごい数の鬼や妖怪、怨霊などがまざった百鬼夜行を召喚してました」

煌子の言葉に、吉平は眉を片方つり上げた。

「鬼や妖怪もよべるのか。弟子入りしたいくらいだな」

吉平は宣子ににらまれて、肩をすくめる。

「しかし、よく煌子ひとりで道満を止められたな」

「道満はわたしのことを小娘だとあなどって、油断したみたいです」

「あるあるだな」

「それに、わたしの妖気が気になってたみたいだから、あえてとどめをささなかったのかもしれない」

「妖気が気になるなんて、妖怪みたいな奴だな。もしかして自分も鬼になりたいのか？」

吉平はニヤリと笑って、肩をすくめる。

「もう鬼になりかけてるのかも。魂を喰われてるとまでは言わないけど、あの真っ黒なまがまがしい気配は、間違いなくただの人間じゃなかったわ」

「煌子、お父様の昔のお友達に対して、言い過ぎですよ」

「ごめんなさい」

煌子は首をすくめて、晴明を見る。

晴明はこめかみに手をあてて、考え込んでいた。

十七

食事の後、煌子は冷やした瓜を切って器にならべ、縁側にでた。

庭では蟬がうるさく鳴いている。

「昨日はお疲れさま」

菅公と常闇に、瓜ののった器をさしだした。

宣子に見つからないよう、常闇はカラス姿になっている。

「まったくうちの主人は式神使いが荒くて困るね」

菅公は文句を言いながらも、瓜を頰ばる。

「あいつ、いなくなったな」

常闇が黒い首をひねって、嘴で庭の松をさした。

「いつもあの太い枝に、カラスが二羽とまっていたのに、今日は年寄りの方が来ていない」

「死んだんじゃね？」

菅公はかわいい顔で、あっさり言う。

「聞いてみるか。おい、そこのカラス」

煌子は黒佑に声をかけた。

「クア？」

「あの干し柿が好きな年寄りカラスはどうした？」

「クゥ？」

黒佑がしらを切ろうとしたので、煌子は瓜を一切れさしだす。

「食べる？」

「……式神にはなれませんよ」

「別にいいよ」

黒佑は瓜にかぶりついた。

「黒平さんは、葛の葉さまによばれて、信太森へ帰ってます。そろそろ引退かもしれません」

「ふーん」

道満がカラスの目を使って煌子を観察していたらしいが、葛の葉が対処してくれたようだ。

「ありがとう、もういいよ」

煌子が言うと、「カア」と、黒佑は松の枝にもどる。

「それにしても今日は一段と蒸し暑いね。あの入道雲を見てよ」

懐から羽団扇をだそうとして、煌子は首をかしげた。

「あれ、羽団扇がない。白装束を脱いだ時に出し忘れたかな？」

「羽団扇なら、道満に取り上げられただろ？」

「えっ!?」

菅公の言葉に煌子はハッとする。

「あーっ、そうだったー！」

「おい、姫……」

常闇にじろりとにらまれ、煌子は平身低頭である。

「ご、ごめん！　昨夜は本当にてんやわんやで！　今度道満に会ったら、絶対に取り返すから！」

「妖力のない人間があの羽団扇を持っていたからといって、つむじ風をよぶことなどできはしないから、たいした害はなかろう。が、しかし、取られたことを忘れていたというのは……」

低い美声で常闇はぼやいた。

「今日あたり普通の団扇として使われてるかもな。さっき姫がやろうとしたように」

菅公が瓜を頬ばりながら追い討ちをかける。

「本当にごめん！　あ、たまには桃の実とかどう？」

「もらっておこうか」

「はい」

煌子は桃をとりに厨(くりや)へ走ったのであった。


翌日の夕暮れ時、道長から文が届いた。

もちろん和歌つきである。

東三条殿では皇子の誕生以来、えんえんと祝賀行事が続いているらしい。

「祝賀行事が一段落したら、一度ゆっくりそちらの邸までお礼にうかがいたい、ですってよ、煌子」

「今度はわたしが病気で寝込んでるってお返事しておいて」

「もう、この子ったら。あなたがいつまでもその調子なら、ぜひ今夜にでも足をお運びください、ってお返事しますすよ」

煌子の不真面目な態度に、宣子は少々おかんむりである。

「前から一度聞きたかったんだけど、お母様はわたしが結婚できるって、本気で考えてるの？　わたし、耳と尻尾があるのよ？」

「できますよ。葛の葉さまなんて、九本もある尻尾をかくして、人間と結婚していたのですから」

　宣子は堂々と胸をはった。

「……そう言われると、なんだかすごく説得力があるわ」

「そうでしょう？」

「でも、お父様が五歳の時に正体がばれて、離婚したんだよね？」

「人間同士の結婚だって、離婚になることはよくありますよ。それに結婚してもいないのに、離婚の心配だなんて、時間の無駄です」

「そういうもの……？」

「そういうものです」

　都じゅうの妖怪たちに一目おかれる白狐姫も、母にはかなわないと悟った夕暮れであった。

昼間の暑さがようやく一段落する夜ふけ。

白狐姫はこっそりと寝所をぬけだして、牛車に乗り込む。

夜の牛飼童は式神だ。

「今夜は二条大路を神泉苑の方にむかって行って」

煌子が言うと、牛飼童はこくりとうなずいて、牛車をだす。

「姫、羽団扇がないのに夜歩きなんかして大丈夫なのか？」

竹筒から小さな頭をだして、菅公が尋ねる。

「羽団扇を取り返しに行くんじゃない。噂によると、神泉苑の近くに百鬼夜行がでたらしいのよ」

「なかなか立派な心がけだが、勝算はあるんだろうな？」

先に牛車で待っていた常闇は半信半疑だ。

「大丈夫よ、うちには優秀な式神たちがいるし、ほら、あそこにも」

二条大路の角で煌子の牛車を待っていた騎馬武者が、無言で後ろについた。

渡辺綱である。

「今夜もひと暴れして、暑さを吹き飛ばすわよ」

煌子はやる気まんまんだ。

「あら、早速、鬼に襲われてる牛車があるじゃない」

神泉苑まではまだ遠いのに、大鬼に襲われた牛車から、従者たちがわらわらと逃げ出していくのが見える。

「姫、あの立派な枇榔毛の牛車には見覚えが……」

「え？」

斜めに倒された牛車の簾から、狩衣姿の若君がころがりおちてきた。

烏帽子もふっとんだ、あられもない姿だ。

「た、助けてくれ！」

「あの声は……」

「あっ、その網代車は、晴明のご息女であろう！　まろはちょうど今からそちらに向かおうとしていたのじゃ！　これぞ御仏のお導き！」

歓喜の声をあげて、煌子の乗る牛車にむかって走ってくるのは、まぎれもなく右大臣の息子、道長である。

「またか。どうする？　助けるのか？」

「仕方ない。見捨てたらお母様に叱られる」

煌子は簾をはねあげて外にでると、牛の背に立ち上がった。

湿気をはらんだ夜風に、袿の袖が舞う。

「わたしは晴明の娘、白狐姫である。そこの鬼、わたしに従え。従うと約束するなら命はとらぬぞ」

朱色の唇がニヤリと不敵な笑みを刻んだ。

（おわり）

あとがき

東京都北区在住のインチキ陰陽師と化けギツネの話を書き続けてはや幾年。

ついに本物の陰陽師たちが、それもたくさんでてくる話を書いてしまいました。

人生何があるかわからないものですね。


さて、安倍晴明は十世紀後半から十一世紀初頭にかけて活躍した実在の陰陽師です。母は和泉国（現在の大阪府和泉市のあたり）信太森の葛の葉という白狐だとか、少年の頃、百鬼夜行を見て賀茂忠行（保憲の父）に才能を見いだされた、などなど、様々な逸話にことかかない晴明ですが、公式文書にはじめて登場するのは四十歳の時で、作中で黒平も言及している、前年の火災で焼失した宝剣再鋳造に関する記録が残されています。

官職は陰陽寮の天文得業生。

この後、天文得業生から陰陽師に昇進したのを皮切りに、四十代から八十代にかけて大活躍し、公式文書やいろんな人の日記にちょいちょい出てくるので、有能な人であったことは間違いありません。

ちなみに晴明の四歳違いの上司、保憲は、二十代のうちから大活躍して出世街道を爆走しています。

保憲の場合、父の忠行も陰陽寮につとめていたので、晴明にくらべて多少は有利なスタートだったのかもしれませんが、なかなか対照的な経歴です。

まあ保憲は特例としても、ここでひとつ素朴な疑問が。

晴明は四十歳の頃、何があって急に活躍しはじめたのでしょう？

若い頃の記録が残されていないぶん、想像の余地がありますね。

（その１）転職説

「続古事談」という説話集では、晴明は若い頃、大舎人（おおとねり）という職についていたが、後に陰陽師に転職したことになっています。大舎人をしていたという公式記録は残ってないので真偽のほどは定かではありませんが、転職説はありかもしれませんね。

（その２）上司と折り合いが悪かった説

保憲がいつ天文博士として晴明の直属の上司になったのかははっきりわかりませんが、暦博士や陰陽博士を歴任した後で天文博士になったようです。

つまり晴明は保憲の前任の天文博士と折り合いが悪くて、重要な仕事をまかせてもらえなかったのでは？という可能性も考えられます。

（その３）良き相棒と巡りあった

四十歳目前の地味な天文得業生が、良き相棒を得たことがきっかけで、陰陽師としての才能を開花させた。

転職説や上司説にくらべてちょっと弱い感じもしますが、小説的にはおいしい展開です。

相棒はおそらく陰陽師ではない青年貴族、姫君、あるいは妖怪もいいですね。

陰陽師と妖怪のコンビ。

定番です。

……って、それ、時代は違うけどただの陰陽屋かも？（苦笑）

（その４）強力な妖力をもつ子供が生まれた
　どうせなら娘がいいんじゃないかな？

晴明の母の白狐、葛の葉にそっくりな半妖の美少女。

安倍家（後の土御門家）の家系図には吉平と吉昌の二人しか書かれてないけど、実は家系図にのっていない娘もいたって、これもあるあるじゃないでしょうか？　キラーン。

そうしよう、そうしよう、娘のために頑張ったり、娘に振り回されたりする晴明、きっと楽しいよ、ふふふ。

そんなこんなで書き始めたのがこの作品『晴明の娘』です。

陰陽屋のキツネ君とは真逆で、最強の妖狐となり、京の妖怪をすべて支配することが目標の、明るくパワフルなやんちゃ姫となりました。


　余談ですが、実在の人物といえば、賀茂家の人たちも調べてみたらなかなか面白かったです。

賀茂保憲は『暦林』という全十巻もある暦の解説書と、『保憲抄』という本を書いています（残念ながら現在は残っていませんが）。

保憲には保胤という弟がいたのですが、この人は慶滋保胤という名前で『池亭記』という漢文の随筆と『日本往生極楽記』という伝記集を出しています。

こちらは今でも残っています。

さらに保憲の娘（名前は不明なので『晴明の娘』では青姫という通称をつけました）も本を出しています。

『賀茂保憲女集』という自選和歌集なのですが、かなり長い序文（こちらはかな文字）がついています。この本も残っています。

……賀茂家の人たち、本出すの好きだな！

それぞれ違うジャンルで個人誌をだしているのも面白いですね。

賀茂家のみなさんのおかげで、平安がぐっと身近になりました。

さて最後に近況でも。

ここ半年ほどは『晴明の娘』にかかりきりだったのですが、その前にちょこっと同人誌をだしました（賀茂家の人ではありませんが（笑））。

ＢＯＯＴＨで通販もしているので、興味がある人は検索してみてくださいね。

本編は異世界が舞台の長編ですが、陰陽屋のおまけ短編もつけてみました。

ＳＮＳは今、ツイッターだったＸ（主に近況とアニメやドラマの感想）、インスタグラム（主に花や料理の写真）、スレッズ（主に猫写真）、ｎｏｔｅ（仕事の裏話、猫の病気の話など）を使っています。

お使いのＳＮＳがあればフォローしてやってくださいね。

それではまた次の本でお目にかかれますように。

二〇二四年春　天野頌子

参考文献

『安倍晴明　陰陽師たちの平安時代』繁田信一／著　吉川弘文館／発行
『呪いの都　平安京　呪詛・呪術・陰陽師』繁田信一／著　吉川弘文館／発行
『平安貴族と陰陽師　安倍晴明の歴史民俗学』繁田信一／著　吉川弘文館／発行
『知るほど不思議な平安時代（上・下）』繁田信一／著　教育評論社／発行
『王朝時代の実像5　陰陽道　術数と信仰の文化』山下克明／著　臨川書店／発行
『新陰陽道叢書　第一巻　古代』細井浩志／編　名著出版／発行
『新陰陽道叢書　第五巻　特論』林淳／編　名著出版／発行
『呪術と学術の東アジア　陰陽道研究の継承と展望』陰陽道史研究の会／編　勉誠出版／発行
『陰陽師の解剖図鑑』川合章子／著　エクスナレッジ／発行
『紫式部と清少納言が語る平安女子のくらし』鳥居本幸代／著　春秋社／発行
『王朝生活の基礎知識　古典のなかの女性たち』川村裕子／著　角川選書
『はじめての王朝文化辞典』川村裕子／著　早川圭子／絵　角川ソフィア文庫
『平安女子の楽しい！生活』川村裕子／著　岩波ジュニア新書
『平安男子の元気な！生活』川村裕子／著　岩波ジュニア新書

『図説　王朝生活が見えてくる！　枕草子』川村裕子／監修　青春新書インテリジェンス
『誰も書かなかった　清少納言と平安貴族の謎』川村裕子／監修　斎藤菜穂子・大津直子・内野信子・中村成里・渡辺開紀／著　中経の文庫
『装いの王朝文化』川村裕子／著　角川選書
『日本の装束　解剖図鑑』八條忠基／著　エクスナレッジ／発行
『写真でみる　紫式部の有職装束図鑑』仙石宗久／著　創元社／発行
『図解　日本の装束』池上良太／著　新紀元社／発行
『重ね色目―曇花院殿装束抄より―』高倉永満／著　高倉文化研究所／発行
『地図でスッと頭に入る平安時代』繁田信一／監修　昭文社／発行
『殴り合う貴族たち』繁田信一／著　文春学藝ライブラリー
『下級貴族たちの王朝時代　「新猿楽記」に見るさまざまな生き方』繁田信一／著　新典社選書
『平安貴族　嫉妬と寵愛の作法』繁田信一／監修　G．B．／発行
『源氏物語を楽しむための王朝貴族入門』繁田信一／著　吉川弘文館／発行
『庶民たちの平安京』繁田信一／著　角川選書
『平安貴族の仕事と昇進　どこまで出世できるのか』井上幸治／著　吉川弘文館／発行
『平安京の下級官人』倉本一宏／著　講談社現代新書

『牛車で行こう！　平安貴族と乗り物文化』京樂真帆子／著　吉川弘文館／発行
『賀茂保憲女　紫式部の先達』天野紀代子／著　新典社選書
『日記で読む日本史6　紫式部日記を読み解く　源氏物語の作者が見た宮廷社会』池田節子／著　倉本一宏／監修　臨川書店／発行
『藤原道長「御堂関白記」を読む』倉本一宏／著　講談社選書メチエ
『藤原道長の日常生活』倉本一宏／著　講談社現代新書
『平安貴族とは何か　三つの日記で読む実像』倉本一宏／著　NHK出版新書
『藤原道長「御堂関白記」全現代語訳（上・中・下）』倉本一宏／訳　講談社学術文庫
『藤原行成「権記」全現代語訳（上・中・下）』倉本一宏／訳　講談社学術文庫
『ビギナーズ・クラシックス日本の古典　権記』倉本一宏／編　角川ソフィア文庫
『ビギナーズ・クラシックス日本の古典　小右記』倉本一宏／編　角川ソフィア文庫
『現代語訳小右記1　三代の蔵人頭』倉本一宏／編　吉川弘文館／発行
『日記で読む日本史6　紫式部日記を読み解く　源氏物語の作者が見た宮廷社会』池田節子／著　臨川書店／発行
『枕草子（上）』上坂信男／神作光一／湯本なぎさ／鈴木美弥／著　講談社学術文庫
『女たちの平安宮廷「栄花物語」によむ権力と性』木村朗子／著　講談社選書メチエ
『源氏物語　解剖図鑑』佐藤晃子／著　エクスナレッジ／発行

『日本の女性名　歴史的展望』角田文衛／著　国書刊行会／発行
『光と闇と色のことば辞典』山口謠司／著　エクスナレッジ／発行
『365日にっぽんのいろ図鑑』暦生活　高月美樹／著　玄光社／発行
『建築知識　二〇二二年八月号　縄文から江戸時代まで　日本の家と町並み詳説絵巻』エクスナレッジ／発行

図録『陰陽師とは何者か　―うらない、まじない、こよみをつくる―』国立歴史民俗博物館／編　小さ子社／発行
図録『王朝装束にみる華麗な日本の美　衣紋道　髙倉家秘蔵展』多摩市文化振興財団／発行
図録『源氏物語　よみがえった女房装束の美』丸紅ギャラリー　丸紅／発行

「陰陽師の誕生」細井浩志／著　『第117回歴博フォーラム　陰陽師と暦』国立歴史民俗博物館／編集発行
「平安前中期における陰陽道の変容について」向原雅子／著　『黎明館調査研究報告』（2020年）
「『賀茂保憲女集』研究　―縁者の伝記小考―」小塩豊美／著　『日本文学研究　36巻』梅光学院大学日本文学会／発行

「陰陽道閑話～陰陽道は何処から来て、何処へ行くのか」「陰陽道閑話～【番外編】　安倍晴明」kinosy／著　https://note.com/kinosy/m/me419f2b55d77

本書は、書き下ろしです。
またフィクションであり、実在の人物とは関係ありません。

晴明の娘

白狐姫、京の闇を祓う

天野頌子

2024年4月5日初版発行

発行者……………加藤裕樹
発行所……………株式会社ポプラ社
〒141-8210 東京都品川区西五反田3-5-8
JR目黒MARCビル12階

フォーマットデザイン 荻窪裕司(design clopper)
組版・校閲 株式会社鷗来堂
印刷・製本 中央精版印刷株式会社

落丁・乱丁本はお取り替えいたします。
ホームページ(www.poplar.co.jp)のお問い合わせ一覧よりご連絡ください。

ポプラ文庫ピュアフル

ホームページ www.poplar.co.jp

N.D.C.913/332p/15cm
ISBN978-4-591-18161-4
P8111375

イケメン毒舌陰陽師とキツネ耳中学生のへっぽこほのぼのミステリ!!

天野頌子『よろず占い処　陰陽屋へようこそ』

装画：toi8

母親にひっぱられて、中学生の沢崎瞬太が訪れたのは、王子稲荷ふもとの商店街に開店したあやしい占いの店「陰陽屋」。店主はホストあがりのイケメンにせ陰陽師。アルバイトでやとわれた瞬太は、実はキツネの耳と尻尾を持つ拾われ妖狐。妙なとりあわせのへっぽこコンビがお客さまのお悩み解決に東奔西走。店をとりまく人情に癒される、ほのぼのミステリ。単行本未収録の番外編「大きな桜の木の下で」を収録。

〈解説・大矢博子〉

流され男子と頼れる猫又――
タマさま最強!!

天野頌子
『タマの猫又相談所
花の道は嵐の道』

装画：テクノサマタ

――うちの理生ときたら、高校生になったというのに、泣き虫で弱虫でこまったもんだ。やれやれ、おれがなんとかしてやるか――。

理生の飼い猫タマは、じつは長生きして妖怪化した猫又。流されるままに花道部に入部し、因縁のライバル茶道部との激しい部室争奪戦に巻き込まれてしまった理生を、タマが陰から賢くサポート。大人気「よろず占い処 陰陽屋」シリーズの著者が描く、ほんわかもふもふ学園物語。書き下ろし短編「空の下、屋根の上」を収録。